그녀가 자작나무 숲에서 걸어 나왔다

그녀가 자작나무 숲에서
걸어 나왔다

초판 1쇄 인쇄일 2025년 9월 23일
초판 1쇄 발행일 2025년 9월 30일

지은이 최용건
펴낸이 양옥매
디자인 표지혜 송다희
마케팅 송용호
교   정 조준경

펴낸곳 도서출판 책과나무
출판등록 제2012-000376
주소 서울특별시 마포구 방울내로 79 이노빌딩 302호
대표전화 02.372.1537   **팩스** 02.372.1538
이메일 booknamu2007@naver.com
홈페이지 www.booknamu.com
ISBN 979-11-6752-694-6 (03800)

* 저작권법에 의해 보호를 받는 저작물이므로 저자와 출판사의 동의 없이 내용의 일부를 인용하거나 발췌하는 것을 금합니다.
* 파손된 책은 구입처에서 교환해 드립니다.

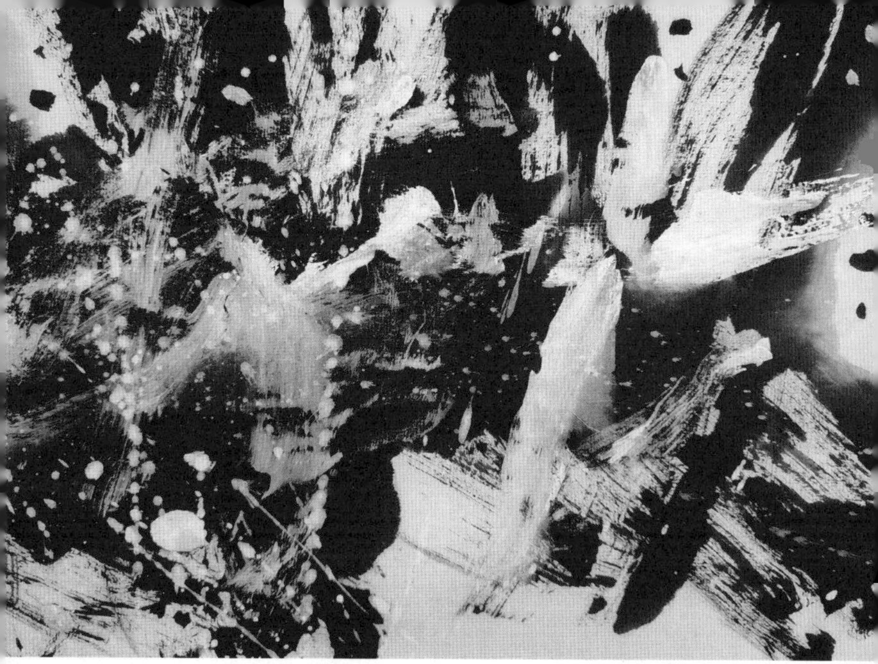

그녀가 자작나무 숲에서 걸어 나왔다

최용건 장편소설

책과나무

작가의 말

이 글을 쓰고 있는 지금, FM 라디오에서는 60년대 후반 혜성처럼 나타나 많은 사람들의 가슴을 흔들고 사라진 2인조 남성 그룹, 트윈폴리오의 〈하얀 손수건〉이 애잔하게 흘러나오고 있다. 젊은 날 이루지 못한 첫사랑에 대한 감정을 이렇게 아름답고 가슴 아프게 담아낸 선율은 없을 것 같다.

예술 활동에서 창작 과정이 중요하긴 하지만, 어쩌면 그보다 더 중요한 것은 작품이 완성된 후 이를 감상하고 음미하는 시간일지도 모른다. 그림은 단지 그리기 위해 존재하는 것이 아니라, 완성된 후 감상하기 위해 존재하는 것이니까.

그런 점에서 우리의 삶도 마찬가지다. 일을 내려놓고 노년기에 접어들어 자신을 돌아볼 수 있을 때, 비로소 그 시기가 생애에서 가장 풍요롭고 의미 있는 시간이 될 수 있을 것이다.

처음이자 마지막으로 화가로서의 예술가적 고뇌와 사랑이 이중주를 이루는 이야기를 꼭 남기고 싶었다. 주인공인 '나'의 이름을 조선조 화가 혜원 신윤복으로 명명함은, 평소 그의 멋진 그림과 짧은 기간 동안 도화서의 화원으로 활동하다 사라진 전설적 행적이 흥미롭고 기이하였기 때문이다. 한국 미술사에서 그처럼 영리하고 완성도 높은 수작들을 다수 남긴 화가도 드물 것이다.

최북, 이정, 심사정, 김득신, 강세황, 겸재, 김홍도 등 많은 화가들이 있었지만 예인의 숙명인 백척간두라고 하는 절박한 좌표 위에서 자신과 세상을 바라본 화가는 신윤복이 독보적 존재일 것 같다는 생각이다. 고명한 선배 화가의 이름을 허락 없이 빌려 쓴 필자의 부도덕함이 송구스러울 뿐이다.

첫사랑이란 천사가 데려와 악마가 데려가는 것은 아닐지, 불가해했던 그 모습이 오랜 세월 내 머릿속을 떠나지 않고 그리움으로 남아 있었다. 첫사랑은 내가 경험한 유일무이한 기적이었으며, 미지의 세상에 대하여 눈을 뜨게 해 준 하늘의 놀라운 은총이었다.

그런가 하면, 삶의 고해를 만나 좌절할 때면 항상 내 귓가에 속삭여 주곤 했다. '일어서세요.'라고. 짧지만 아름답고 힘찬 그 속삭임 덕분에, 내가 고달픈 화가의 삶을 견뎌 왔는지도 모를 일이다. 이제 기억을 최대한 되살려, 아름다웠던 지난날들을 소환할 것이다.

화가로서 그림 그리기와 글쓰기를 병행해야 했기에 2009년 9월부터 집필을 시작한 지 16년 만에 마침내 탈고를 하게 되었다. 여러모로 부족한 점이 많지만, 소설의 기본 형태조차 갖추지 못한 화가의 글을 기꺼이 책으로 엮어 출간해 주신 출판사 사장님과 직원 여러분께 깊은 감사의 인사를 드린다. 마지막으로, 글 쓰는 모습을 곁에서 묵묵히 지켜봐 준 사랑하는 아내에게도 감사의 마음을 전한다.

2025년 가을
인제 자작나무 숲 화실에서 저자

차례

작가의 말 5

1	프롤로그_머나먼 그곳 히말라야	10
2	대학 생활, 방황과 선택	13
3	엽서로 시작된 사랑	27
4	별향과의 첫 만남	42
5	인연의 고리를 끊다	48
6	별향, 뜻밖의 학교 방문	67
7	첫 번째 데이트	89
8	마음과 마음을 잇다	99
9	두 어머니와 푸른 응시	108
10	덕수궁 돌담길에서	120
11	함께 다녀온 동철의 면회	133
12	하현달 아래서의 첫 키스	145
13	자작나무 숲에서	153
14	북악스카이웨이 드라이브	164
15	갑작스런 이별 통보	168
16	34개월간의 군 생활	173
17	제대 후 첫 자유 공간, 주문진 부두	195
18	별향의 결혼	199
19	40년 만에 걸려 온 전화	205
20	와수리에서의 추억	221
21	자전거와 하얀 손수건	233
22	신이 용서할 때 다시 만나요	241
23	에필로그_목마름을 해갈하듯	280

1
프롤로그
_머나먼 그곳 히말라야

　이맘때쯤이면 머나먼 히말라야 넘어 라다크 평원에도 들꽃들이 질 것이다. 특히 하얀 설산을 배경으로 하여 붉게 피어나는 꽃, 체스룰루 말이다. 쑥스럽게도 그 꽃이 개화하는 동안 내내, 나는 타클라마칸 사막으로부터 날아오르는 황사 바람을 맞으며 비감해했다. 먼지 바람과 가시덤불 속에서 피어나는 작은 꽃송이들을 바라보며, 2차 세계대전 당시 나치를 피해 숨어 지내던 유태계 폴란드 피아니스트인 '블라디슬로프 스필만'이 독일군 장교 앞에서 피아노를 연주하던 영화 《피아니스트》 속에서의 절체절명의 순간이 오버랩되어 왔기 때문이다.

　당시 전쟁의 어두운 폐허 속에서 울려 나오던 쇼팽의 발라드는 듣는 이로 하여금 얼마나 가슴을 졸이게 하던지…. 예술인이라면 삶의 자세가 가히 저러해야 하지 않겠는가고 거듭 자문했었다.

  누구라도 더운 피를 가진 동물이라면, 그토록 척박한 환경 속에서 꽃을 피우는 기적 같은 현상에 차마 눈시울을 붉히지 않을 수 없을 것이다. 게다가 개체의 희소성 때문에라도 히말라야에서의 모든 생명은 너나없이 간절하고 소중한 존재였다.

  비장을 파랗게 물들일 것만 같은 라다크의 하늘이라든가, 세계에서 가장 높은 자동차 고갯길인 해발 육천 미터에 가까운 카르동라를 넘을 땐 비록 아내가 동행하여 주었지만, 가슴은 어느 때보다도 쓸쓸하고 외로웠다. 아마도 그때까지 경험해 보지 못한 히말라야 하늘의 푸른 색소와 높이의 절박감 때문이었을 것이다.

  자동차가 고도를 일이백 미터 정도만 높이려 해도 마치 괘종시계의 추가 왕복운동을 하듯, 고갯길을 일이 킬로 정도는 족히 지그재그로 올라야 했다. 쵸르텐이라 부르는 하얀 라마탑들이 도열해 있고, 타르초 오색 기도 깃발이 바람에 나부끼는 라다크의 고갯길을 오르내리며 나는 알았다. 거칠고 황량한 풍경 속에서, 살아 있는 모든 것들은 생명의 빛을 온 힘을 다하여 발산한다는 것을….

그러고 보면 척박한 환경에서의 사랑이란 풍요로운 산업사회에서 볼 수 있는 가진 자들의 한가로운 놀음과는 달리 생명의 사활이 걸린 절실하면서도 숭고한 신앙 행위가 아닐까 하는 생각이 들었다. 그곳에서는 오로지 사랑만이 영약처럼 뭇 생명들로 하여금 목숨을 버티게 하여 주었다.

가을이 깊어 가고 있다. 노랗게 물든 자작나무 잎이 숲으로부터 날아와 앞마당에 쌓이고 있다. 40여 년 전, 이유도 모른 채 헤어졌던 별향에게서 전화를 받은 뒤, 설렘과 함께 그 시절의 추억들이 다시금 떠오르고 있다.

요즘도 가끔 화실 창밖 자작나무 숲속에서 옛사랑이 서성이듯 하는 것은 지난날 육신과 영혼을 함께 섞는 해원의 의례를 갖지 못했기 때문이라는 생각이다. 그 미완의 사랑이 밤이면 군청빛 주름치마에 흰 블라우스 차림으로 나타나 자작나무 숲속을 배회하고 있는 것이다. 특히 낙엽 지는 가을날 밤이면 맨발에 낙엽 차이는 소리와 함께 주름치마 쓸리는 소리가 더욱 또렷이 들려오는 것만 같다.

2
대학 생활, 방황과 선택

고교 졸업 후 대학 생활이 시작되었다. 입시라고 하는 억압으로부터 풀려난 기분이 더할 나위 없이 좋았다. 허탈감을 느낄 정도였다. 그래서 한동안 무엇을 어떻게 해야 할지 막막하기도 했다. 그도 그럴 것이 지난 고교 3년 동안 철저히 의지하고 지켜 오던 생활 수칙이 갑자기 무너져 버린 때문이다.

하지만 그 자유롭던 기분도 잠시, 막상 대학엘 진학하고 보니 대학 생활도 고교 생활과 별다름이 없다는 것을 알았다. 시험 때면 사지선다형의 답안을 작성하고 교양 국어 시간에는 노트 검사를 받아야 했다.

당시 『꺼삐딴 리』 작가인 전광용 교수가 16절 갱지에 수업 내용을 메모하고 있는 나를 보더니 배추 장사 문서 작성하느냐고 꾸지람을 주던 일이 기억 난다. 게다가 시험을 치른 후에는 석차까지 매겨지고 장학생 선발도 있었다. 시간이 흐르면서 점차 대학이 젊은이들에게 생각만큼 넓은 관용을 베풀어 준다거나 자유정신을 학습케 하여 주는 곳이 아니라는 것을 알았다. 몹시 실망스러웠다.

나는 학교의 커리큘럼과는 거의 관계없이 생활했다. 더 이상 틀에 박힌 생활과 공부가 하기 싫었기 때문이다. 대학에 지혜로운 교수가 있고 도서관에 장서량만 풍부하다면 학생들을 그런 식으로 틀 속에 가두어 가르칠 필요가 없다고 생각했다. 그것이 내가 생각했던 최대한의 자율을 기조로 한 대학 생활의 모습이었다.

하지만 예견했던 대로 내가 이수해야 할 학점은 여러 과목에서 걷잡을 수 없이 펑크가 났고, 어쩌면 무기력하고 방만했던 그와 같은 생활은 추후 결국 남들보다 뒤늦게 코스모스 졸업을 해야만 하는 불명예를 초래했다.

입학하던 해, 대학가는 거의 일 년 내내 시위로 날을 새다시피 하였다. 당시 미술대학은 종로 연건동에 있었는데 교문 앞 큰길 건너로는 법대가 있었고, 학교 뒤로는 의과대학이 있었고 지금의 대학로 위로는 문리대가 자리를 잡고 있었다.

해방 전 학생들이 농촌계몽 운동에 눈을 돌렸다면 5, 60년대의 대학생들은 분단 조국의 통일 문제로 눈을 돌려야 한다고 나름 비장한 우국충정에 젖어 보기도 했었다. 하지만 당시 대학가의 관심은 방학 때면 농촌계몽 활동에, 개학이 되면 박정희 정권의 삼선개헌 반대 시위에 집중되어 있었다. 교문 밖에서는 최루탄이 수시로 터지곤 했다.

"따따따따따…."

상황을 다급하게 만드는 최루탄 발사 후에는 갑자기 요란하던 구호들이 사라지고 정적이 일었다. 바람에 실려 온 최루탄 냄새는 사람으로 하여금 공포와 위기의식을 느끼게 하기에 족했다. 그리고 얼마 후 시간이 지나면 다시 문리대생들과 법대생들이 스크럼을 짜고 파도처럼 교문 앞을 지나갔다.

그런 상황에서 미술대학생들이 할 수 있는 일이란 뒤쫓아 가는 시위 진압경찰들을 향하여 울타리 안에서 돌을 던지는 일뿐이었다. 그 일 이외에 뾰족이 행동으로 저항할 수 있는 방법이란 없었다. 남학생들이라고 해 봐야 불과 몇십 명이 채 되지 않는 숫자였기 때문이다. 여학생들은 부지런히 돌을 날랐고 남학생들은 부지런히 돌을 던졌다.

시위의 양상이 전국적으로 격화되어 가고 있었다. 들려오는 소문에 의하면 법대가 교내에서 철야 농성을 시작했고, 이어서 문리대가, 공대가, 멀리 수원에 있는 농대가 그리고 이제껏 시위에 거의 가담을 않고 있던 의대도 오늘부로 모든 강의를 거부하고 철야 농성에 돌입한다는 것이었다.

자연히 미술대학에서도 어떻게 해야 할지 거취를 결정해야 했다. 같은 예술계열인 음악대학의 동향도 심상치 않다고 했다. 우리는 모두 본관 지하 계단강의실로 모이기로 했다. 조소과, 응용미술과, 회화과 등 전교생이 모였다. 학생회장이 학생들의 총의를 물었다.

"여러분들도 아시다시피 시위는 서울뿐만 아니라 지방까지 전국적으로 확산되어 점점 격화일로에 있습니다. 더욱이 지금 서울대는 모든 단과대학들이 거교적으로 속속 철야 농성에 참여하고 있는 실정입니다. 우리도 삼선개헌 반대에 대한 뜻을 더욱 강력히 표명하기 위해 철야 농성에 동참할 것인지 아닌지를 이 자리서 결정해야 할 것 같습니다. 여러분들의 뜻은 어떻습니까?"

그러자 여기저기서 웅성거리는 소리만 시끄럽게 들려올 뿐 누구 하나 이렇다 할 뚜렷한 의견 개진은 없었다. 간간이 '동참합시다!'라고 소리치는 학생이 있었지만 그에 대한 호응도는 낮았다. 대다수의 인원이 여학생들이다 보니 아무래도 철야 농성 같은 거친 행동을 실천에 옮기기에는 수월치 않은 일이었던 것 같다.

나는 다중의 의견을 동참 쪽으로 이끌어 낼 무슨 좋은 방법이 없을까 생각하다가 누군가 이 순간 혈서를 쓰는 비장한 이벤트라도 벌여 준다면 의견을 모으기가 쉽겠다는 판단을 하였다. 뉴스 따위에서 시위 때면 종종 손가락을 깨물어 혈서를 쓰는 모습을 보았기 때문이다.

이리저리 둘러보아도 아무도 그럴 만한 사람은 없는 것 같았다. 생각다 못해 내가 그 일을 맡기로 하였다. 두근거리는 마음으로 강의 단상에 올랐다. 삽시간에 장내 분위기는 물을 끼얹은 듯 조용해졌다. 하지만 생각처럼 손가락을 깨물어 혈서를 쓰는 일이 그렇게 간단치만은 않았다. 손가락의 피부가 그렇게 두껍고 질길 줄이야.

구두 가죽보다도 더 질긴 것 같았다. '철야투쟁', 네 글자를 쓰는 짧은 시간 내에 식은땀을 그렇게 많이 흘려 보기는 처음이었다. 어떻게 해서 그런 용기가 내게서 나왔는지 나도 모를 일이었다.

하기야 군 입대 전 장정 신체검사 시, 누군가 지나가는 여 간호장교를 향해 '멋있는데!'라고 희롱성 발언을 하자 인솔 하사관이 범인을 색출하기 위해 단체로 기합을 준 일이 있었다. 하지만 끝내 범인이 나타나지 않자 마침내 참을성 없는 내가 일어나 내가 그랬노라고 하여 나 혼자 체벌을 받는 것으로서 사태를 종결시킨 일이 있었다.

뭐랄까, 내게 가끔은 그런 돌출성 행동을 하게 만드는 인자가 있는 모양이다. 지금 회상해 보면 미소가 지어지는 일이지만 아무튼 그때의 그 일은 나에게 있어 일종의 의협심의 발로였다.

요즘도 부도덕이나 불의를 마주하면 가슴이 뛰고, 일에 집중이 되지 않는다. 마치 등 뒤에서 신이 진노를 하고 있는 듯해서….

국민학교 4학년 때의 성적통신부 통신란에 보면 '의협

심이 강함'이라고 적혀 있었는데 어린 시절부터 그런 기질이 내게 좀 있었던 모양이다. '처음처럼'은 요즘 시판되고 있는 술 이름이기도 하다. 그같이 '처음처럼에 반하는 굴절되고 비굴한 삶은 살지 말자.'가 나의 생활신조이며, 소극적으로나마 예술인의 '처음처럼' 같은 삶을 살아 보기 위해 들어온 곳이 이곳 자연이 깊은 인제 골짝이기도 하다.

골짝엔 일찍이 어둠이 찾아온다. 산그늘 때문이리라. 젊은 날을 회상하고 있는 지금 뒷산 자작나무 숲에선 '커억커억…' 노루의 울음이 거칠게 들려오고, 가슴에 석양을 받으며 하늘을 날고 있는 새들은 모두 극락조 같기만 하다.

그렇게 시위로 얼룩져 어수선했던 70년 한 해도 저물었다. 대학 생활도 이제 3년째로 접어든다. 3학년이 되기 위해서는 우리는 전공을 선택해야 했다. 회화과와 같은 경우에는 동양화를 선택할 것인지, 서양화를 선택할 것인지를 결정해야 했다. 이 시점에서 특별히 사전에 작심을 한 학생의 경우가 아니라면 상반된 시각차를 보이는 두 분야를 놓고 딜레마에 빠지기 십상이다.

회화과에만 입학했으면 됐지 입학 후 전공 선택의 갈림길이 더 놓여 있을지는 솔직히 잘 몰랐다. 중고등학교 시절부터 으레 그림 하면 수채화, 유화 하는 식으로 서구 일방의 회화만을 생각해 왔기 때문이다. 그래서 회화과는 곧 서양화과라는 등식으로만 생각했던 것이다. 그것이 우리들의 교육 환경이었고 또 속사정이야 어떻든 드러나 보이는 현실이기도 했다. 물론 어렸을 때부터 먹을 갈아 그리는 그림이란 것도 있다는 사실 정도는 알고 있었다.

한국화를 그린다고 하면, '회화면 회화지 한국화가 뭐냐? 서양화와 아프카리화가 따로 있느냐?'는 식의 조롱 섞인 힐난을 늘어놓는 화가들이 있지만, 이 땅에 서양화와는 엄연히 다른 동양인들 또는 한국인만의 심미안과 그에 따른 회화 양식이 존재해 오고 있다는 사실을 말하는 것이니 아프리카 사람들보다야 우리의 처지가 얼마나 다행스러운가라고 일러 주고 싶다.

당시 서양화 전공 3, 4학년들의 실기실엘 가 보면 기하학적 추상을 그리는 사람이 있는가 하면 액션페인팅류의 그림이라든가, 미니멀아트 따위의 서구에서 유행하는 조류를 학습하고 있는 학생들도 있었다.

그에 비해 동양화 실기실엘 가 보면 주로 인물화와 수묵 위주의 산수화를 그리고 있었다. 그러한 두 가지 유형의 그림 중에서 내가 가야 할 길을 선택해야 했다. 사물과 현상을 수리적, 구조적으로 파악할 것인지, 아니면 유기적·생태적으로 바라볼 것인지를 선택해야만 했다. 단순히 오일컬러, 캔버스, 부러시로 이어지는 서양화와 화선지, 먹, 붓으로 이어지는 동양화의 재료나 형식 따위를 선택하는 문제가 아니었다. 그 형식을 가능케 하는 삶의 자세를 선택해야 했다.

갈림길에서의 고민은 나를 힘들게 했지만 한편으론 삶의 충만감을 안겨 주기도 했다. 특히 학창 시절의 고민은 한 잔의 술보다 더 나를 삶의 깊이에 취하게 했다. 바람 앞에 설 때 나는 얼마나 스스로 장하고 대견스러워지던지, 고민을 할 때 내가 더 나다워 보인다고 생각했다.

방황은 그뿐만이 아니었다. 고교 생활과 대학 생활 사이에 놓인 매우 어색하고 부자연스러운 괴리를 아직껏 정리하지 못한 채 생활하고 있는 것이다. 아무튼 크고 작은 파고를 만들며 다가오는 젊은 날 여러 가지의 선택들이 나를 힘들게 했다. 한마디로 대학 입학 후 지난 2년간은 내가 어떻게 살아왔는지 모를 정도였다.

아무것도 아니었다. 정말로 너무나 아무것도 아니었다. 오히려 모든 면에 있어 모호해지면서 갈등과 갈증만 증폭되는 나날들이었다. 지금에 와 회상해 보면 입가에 미소가 지어지는 젊은 날의 에피소드지만, 당시엔 대학만 입학하면 철이 들어 자동적으로 진리가 내 가슴속으로 들어와 자리하여 줄 것으로만 알았다. 딱히 그것이 학문적 진리를 말하는 것은 아니었다. 나는 예술학도였기에 그런 진리와는 거리가 멀었다. 다만 나의 방황을 잠재워 줄 위대한 빛 같은 것이 몹시 그리웠다.

3학년으로 올라가기가 망설여졌다. 두렵다는 생각마저 들었다. 그저 생각 없이 떠밀려 올라갔다가는 첫 단추를 잘못 끼워 장차 나의 삶 전체가 송두리째 어긋나게 될지도 모른다는 생각이 들었다. 마음을 모두 비운 상태에서 나를 한번 깊이 돌아보고 싶었다. 조용히 있을 만한 곳이 어디 없을까? 집 말고, 그렇다고 해서 마을 뒷산도 적절치는 않다. 조용한 성당에서 홀로 깊은 생각에 잠겨 보는 것이 좋겠다는 생각이 들었다.

나는 저녁 식사 후 평소 다니던 홍제동 성당을 찾았다. 지난해까지만 해도 콘세트 구조물이었는데 화재가 난 후 새로 지으니 성당이 상당히 깨끗하고 산뜻해 보였다. 주임신부님께 말씀을 드린 후 늦게까지 성당 안에서 시간을 보내도 좋다는 허락을 받아 내었다. 성당 안에는 예수고상과 제단의 붉은 성체 등만이 나와 함께 있을 뿐이었다.

성당 하면 어린 시절의 추억이 떠오른다. 강원도 횡성의 안흥국민학교 1학년 때 어머님을 따라 공소에 처음 나가 푸른 눈의 아일랜드 신부 앞에서 어린이 교리문답을 암송한 후 시몬이라는 영세명을 받았었다. 어린 기억에 처음으로 가까이 대해 본 서양 사람은 꽤나 무섭고 위험해 보이기까지 했다. 눈이 움푹 꺼져 들어가고 콧날이 솟아올라 아버지나 마을 아저씨들에게서 느낄 수 있는 편평한 안정감이라든가 부드러운 평화로움이 느껴지지 않았다. 게다가 푸른 눈동자를 지닌 그들에게서는 눈빛을 도무지 파악할 수 없었는데, 이는 어린 날 성당과 서양 신부에 관한 나만의 이상한 기억들이다.

홀로 눈을 감은 채 장궤대에 앉아 있기도 하고, 때로는 고개를 숙여 엎드려 있기도 했다. 가장 깊은 곳에서 울려 나오는 나의 소리를 듣고 싶어서였다. 2월 중순이라 밤 기온이 차가웠다. 발이 다소 시리긴 했지만 옷을 두텁게 걸쳐 입고 왔기에 그런대로 찬 기운을 견딜 만했다.

시간이 흐르자 나도 모르는 사이에 두 눈에서는 뜨거운 눈물이 주르륵 흘러내렸다. 기뻤다. 가장 깊은 곳에 자리하고 있어 평소 잊고 지내던 나를 만나 흘린 기쁨의 눈물이었다. 어쩌면 강한 내가 오늘같이 나약한 나를 바라보면서 지은 동정이나 연민의 눈물이었을지도 모를 일이다. 사랑과 미움을 떠난 눈물, 경제적 손익이라든가 이해관계를 떠나 자기도 모르는 사이에 왈칵 넘쳐흐르는 눈물이야말로 생애 최고의 맑은 정화가 아닐까? 그 눈물은 비록 옷깃을 적시진 않지만 촉촉이 영혼을 적셔 육신을 대지에 평화롭게 누이는 맑은 에스프리를 지니고 있다.

우리는 이미 일어난 일과 일어나고 있는 일을 이해하기 위해 우리의 외부에 신을 필요로 하며, 양심과 가치를 지키기 위해 내부에 또한 신을 필요로 한다. 그런 점에서 눈물이란 내 안의 나, 신과의 대화가 시작되었다는 인간사 중 가장 아름다운 증거일 터다.

그렇게 눈물을 쏟고 나니 깨우침 같은 온갖 새들의 지저귐 소리가 이마 위에서 명멸했다. 진정성과 마주할 때면 용출하던 젊은 날의 그 순수한 눈물을 나이 들어 이제는 다시 경험할 수 없을 것만 같았다.

일단 나는 학교를 쉬기로 했다. 휴학을 하는 동안 흐

트러진 마음도 다스릴 겸, 전공 선택도 좀 더 신중히 생각해 결정할 겸 1년간 휴학을 하는 것이 좋겠다는 결론을 내렸다. 더군다나 강릉 왕산서 근무하시던 아버님께서 김화중학교장으로 발령이 나, 올해부터는 어머니를 비롯한 동생들이 김화에 내려가기로 했으니, 나도 함께 가족들을 따라 내려가 시골에서 1년을 보낸 후 다시 3학년으로 복학을 하면 좋겠다는 생각이었다.

비로소 여명이 밝아 오는 시간에 호수같이 평정된 마음을 가지고 성당 문을 나설 수 있었다. 밖에는 오랜만에 함박눈이 소리 없이 내리고 있었다.

그렇게 해서 나는 동양화를 해야겠다고 마음속 깊이 결심했다. 심미안이란 한 사람에게 둘러싸여 있는 문화, 역사라든가 언어 풍속 등이 녹아 있는 그만의 정체성을 보이는 것이기 때문이었다. 그 정체성을 가장 훌륭하게 보여 주는 심미안을 시대에 맞게 적응시켜 나가는 것이 중요하리라 생각했다. 밖에서 안으로 찾아들어 오기보다는 안에서 밖으로 눈을 돌려 정체성을 확장시켜 나가는 것이 바람직하다는 생각이 들었다. 그래서 택한 결단이 서양화보다는 동양화를 전공으로 선택하는 것이 바람직하다는 생각이었다.

6, 70년대 당시 동양화 전공 학생들에게 주어진 화두는 묵의 세계였다. 해방 후 채색 위주의 일본화 잔재를 벗어나는 일이 급선무였던 당시는 그랬다. 그래서 너도 나도 묵에 대하여 처절하리만치 천착하였다. 묵에 대한 이해 없이는 일제의 잔재를 청산할 수 없을 뿐만 아니라 정신없이 밀려오는 외래문화에 대처할 방안도 마련할 수 없을 것 같았다. 묵화란 서양에는 없고 동양에만 있는 예술의 세계이기 때문이다. 같은 동양 문화권이긴 하나 일본보다는 깊고 중국보다는 수수한 한국 묵화의 세계를 이해해야 했다.

하지만 세월이 많이 흘러, 늦은 나이에 묵의 성질과 세계에 대한 깨우침을 얻고 저잣거리의 전시장을 돌아보려니 세상은 온통 알록달록한 컬러의 세계로 바뀌어 있었다. 마치 관광지의 팬시 작품들을 대하는 듯했다. 세상인심이 참으로 가볍다고 느껴졌다. 삶의 주요 깨달음은 삶의 후반에 이르러서야 오는 것이 아닐까? 예술적 깨달음이 거리에서 유행하는 패션처럼 가볍게 경시되어서는 안 될 것이다.

3
엽서로 시작된 사랑

 그런 일이 있은 후 71년 봄빛이 따사로운 3월 초 우리 가족은 서울서 김화읍 와수리로 이사했다. 김화는 원래 6.25 전에는 독립된 군이었는데 전란 후 관할 지역의 상당 부분이 휴전선 이북에 남게 되어 군세가 약해지면서 철원군으로 합병된 지역이다.

 당시 시골집으로서는 꽤 큰 교장 관사에 이삿짐을 풀어놓으니, 세간살이가 마치 피난민처럼 장롱 하나와 기본적인 주방기구 몇 개뿐이라 정말 썰렁하고 초라했다. 하지만 가족들이 오랫동안 떨어져 지내던 아버님과 다시 함께 지낼 수 있게 되어 무엇보다 기뻤다. 어머니도 한시름 놓으신 것 같았고, 동생들도 서울 생활을 정리하게 되어 홀가분해했다. 이제 군에 다녀와 대학에 복학한 형님만 홀로 서울 집에 남아 자취를 하게 되었다.

사방을 둘러보아도 관사를 제외한 모든 집들은 거의 다 초가였다. 둥근 초가지붕들은 마치 양지바른 곳에 누워 있는 무덤처럼 무심하면서도 때로는 따뜻해 보였다. 마을이 너무나 조용하여 길을 걸을 때면 내 발자국 소리만이 귀에 터벅터벅 정겹게 들려오곤 했다. 가끔 시골집 대청마루에 두 팔을 벌려 누우면 그렇게 마음이 편할 수 없었다. 마루에 누워 넘어가는 저녁 해를 바라보는 일이 더할 나위 없이 좋았다.

당시 새마을 사업이 전국적으로 한창 진행 중이었지만, 전방 지역인 철원의 와수리까지는 아직 한전이 들어오지 않아 밤이면 마을에서 자가발전으로 전등을 밝히곤 했다. 자정이 가까워 불이 한 번 깜빡거리면 오 분 후에 전기가 나간다는 신호였다. 정전이 되거나 전기가 나가면 석유 등잔이라고도 불리는 작은 사기 호롱에 불을 밝히고, 그 불빛 아래에서 책을 읽거나 편지를 쓰곤 했다.

그 시절 호롱불은 내게 또 하나의 따뜻한 가족과 같았다. 마치 금빛 송아지를 기르듯, 그 정감은 반려견 이상의 깊이를 지녔다. 호롱불을 바라보고 있노라면 왜 그렇게 마음이 행복해지던지, 무릎을 세우고 턱을 괸 채로 불빛을 가까이 대하면 마치 호수를 바라보듯, 온몸이 행복 바이러스에 감염되는 것만 같았다. 무명 심지에 달라붙어 가물거리는 작은 불꽃을 에워싸고, 어둠과 밝음이 다투다가 결국 서로 엉켜드는 그 모습이 참 보기 좋았다. 내게는 하루 중 가장 평화로운 시간이 바로 그 순간이었다.

흔히들 목표를 달성한 후 느끼는 뿌듯함이나 성취감을 행복이라 생각한다지만, 사실 그렇지 않다. 한때 세상을 자신의 말발굽 아래 두었던 알렉산더 대왕, 나폴레옹, 칭기즈칸 같은 인물들이 과연 그들의 명성에 걸맞은, 세상에서 가장 행복한 삶을 살았다고 할 수 있을까? 단언컨대, 절대 그렇지 않았을 것이라고 생각한다. 행복감은 비교 우위에서 느껴지는 감정이 아니라, 일체감이나 조화, 동화에서 비롯된 따뜻한 감정이기 때문이다. 그러므로 정복자의 가슴속에는 결코 자라지 않는, 보통 사람들만의 진솔하고 따뜻한 삶의 정서라고 할 수 있다.

어쩌면 행복은 세상의 수많은 이름 없는 보통 사람들을 위해 신이 마련한 특별한 배려이자 은총이 아닐까. 그럼에도 불구하고 많은 사람들이 행복을 투쟁이나 경쟁의 결과로 착각하고 있어, 오늘도 저렇게 돈을 벌지 못하고 출세를 하지 못해 난리 법석을 피우고 있다는 생각이다.

9월이었다. 계절이 여름에서 가을로 접어들고 있었다. 와수리에서의 생활도 이제 9개월째로, 지난 6월 연극 세트 아르바이트로 서울에 다녀온 이후 계속 시골 생활을 이어 가고 있다.

일과의 대부분은 뒤뜰의 텃밭을 가꾼다거나 라디오를 듣고, 자전거를 타고 마을을 벗어나 멀리 한 바퀴 돌아오는 것으로 시간을 보내곤 했다. 가끔은 닷새 만에 서는 장마당에도 나가 보고 마을을 감싸고 흐르는 남대천 가를 따라 산책을 하기도 했다. 산들바람은 나의 옷자락을 흔들었고, 개울물 소리는 세상일을 잊게 했다.

사슴처럼 마을 처녀들이 냇가에 나와 빨래를 하는 모습도 볼 수 있었다. 빨랫방망이 두드리는 소리가 물소리에 묻혀 잔잔하게 들려왔고, 흐르는 물에 빨래를 헹구는 모습도 보였다. 제방에 널어놓은 흰 빨래들이 가끔은 바람에 뒤집히는 한가로우면서도 적막감이 감도는 그런 풍경이었다. 때로는 뽀얗게 먼지를 일으키며 달리는 군용트럭의 행렬이 눈에 들어오기도 했다.

밤이 되면 마을이 칠흑같이 어두웠다. 하늘엔 별 무리가 날카롭게 반짝였다. 그러곤 낮엔 들리지 않던 소리가 들려왔다. 볼일을 보기 위해 집 뒤꼍의 변소에 앉아 있다 보면 전방 오성산 너머로부터 '김일성 수령님의 품에 안겨 행복하게 살자'라거나, '남반부에서 미제와 박정희 군사파쇼 도당을 몰아내자!'라는 내용의 대남방송이 섬뜩할 정도로 또렷이 들려오곤 했다.

내가 휴학하고 있는 사이, 토요일이면 가끔 서울에서 집엘 다니러 온 형과 함께 삼거리 '종'다방에 앉아 한가롭게 커피를 마시곤 했다. 다양한 풍미를 보이는 요즘의 커피와는 달리 당시의 커피에서는 쓴맛 뒤에 비집고 드는 담배 필터를 우려낸 듯한 역한 맛이 났다.

원래 형이 나보다 먼저 화가가 되는 것이 꿈이었는데, 서울 미대를 두 번씩이나 낙방한 후 아쉽게도 화가의 꿈을 접고 외국어대학엘 진학했다. 시골에서는 입시 미술을 배울 수 있는 학원이 없었기 때문이다. 보통은 고2 때나 늦어도 고3 일 년간은 실기에 전념해야 하는데 입시를 앞두고 고작 겨울방학 한 달간을 청량리에 있는 미술학원을 다녔던 것이다.

결과적으로 오래전부터 부모의 바람이기도 한 형에게 기대했던 화가의 길을 내가 걷게 된 것이다. 미술대학 입학이 그렇게도 어려운 건가? 지난해에 이어 공부 잘하던 형의 연이은 미술대 낙방을 지켜보며 형의 쓰라린 전철을 밟지 않기 위해 나는 고등학교에 진학한 후론 오로지 공부와 실기에만 전념했다. 그 결과 3학년 1학기 때까지는 문과 석차 3위를 유지할 수 있었다. 당시 미술대학엘 원서 내는 나를 바라보며 담임선생의 매우 의아해하며 아쉬워하던 눈빛이 잊히지 않는다.

그 이전 중학 시절로 돌아가 아버님께서 인근 갈말에 있는 신철원 농업고등학교 교감으로 근무할 때였다. 중학생이던 나는 문득 화가가 되고 싶었다. 현실보다는 이상을 몹시 사랑하는 나의 성격 탓도 있었지만 어쩌면 당시의 집안 분위기가 나에게 그런 생각을 더욱 갖게 했는지도 모를 일이다. 어렸을 적 동화책을 통해서도 익히 알고 있었지만, 기회만 되면 어머니나 형, 게다가 아버지까지도 가세하여 〈만종〉을 그린 밀레라든가 인상주의 화가 모네와 드가 또는 《플랜더스의 개》에 등장하는 네로와 파트라슈의 이야기 그리고 미켈란젤로의 조각 작품에 대하여 화제로 떠올리곤 했었다.

"사람이란 말이지…. 자기만의 한 가지 뚜렷한 목표를 가지고 살아야 한다. 네로는 비록 어린 나이에 삶을 마감했지만 100살 산 사람 이상으로 의미 있는 삶을 살았다."

아버지가 식사를 하다 말고 말했다. 이어,

"우리 식구들 중에서도 누군가 화가 한 사람쯤 나왔으면 좋겠어요. 기왕이면 수녀도 있으면 좋겠구…. 그런데 마리아는 너무 성격이 와일드하고 외향적이라서 수녀가 되긴 어려울 거야…."

성당 일에 열심인 어머니가 연기 냄새 메케한 부엌에서 밥을 짓다 말고는 여동생을 향해 웃으면서 말했다.
그처럼 아버지나 어머니 모두 현실과는 너무나 동떨어진 자녀 교육관을 가지고 있었다. 여느 부모라면 자녀의 장래를 위해 도시락을 싸 들고 쫓아다니며 말렸어야 할 예술가의 길이고 성직자의 길일 텐데….

아무튼 부모의 바람이자 나의 바람이기도 한 화가의 길을 성실히 걷고는 있지만 환갑을 넘긴 이 나이에 이르러까지 통장의 잔고가 가까스로 이웃에 돈을 빌리러 다닐 정도의 수준은 면할 정도니, 아마도 이 골짝에서 아내가 운영하는 민박마저 없었더라면 영락없는 노숙자 신세를 면치 못했을 것이다.

"그런데 화가가 되자면 미술대학을 나와야 할 텐데 갈 말에선 입시 미술을 배울 수 있는 미술학원이 없잖아요…."

하면서 고등학생인 형이 아쉬워했다.

평소 루소의 교육철학을 좋아하는 아버지와 문학과 예술을 사랑하는 어머니가 자녀 교육에 대해서만은 열린 시각을 가지고 있어서 어떤 길을 택하든 우리들의 자유의사에 전폭 맡기는 식이었는데, 유독 예술가에 대한 바람은 남달랐던 것 같다. 어쩌면 본인들의 이루지 못한 꿈에 대한 아쉬움 때문이었는지도 모를 일이다.

어머니는 해방 이전 북간도 용정의 광명여고 시절, 서울의 한 시인과 편지를 주고받으며 문학 공부를 했다고 했다. 그런데 학교 측에서 보기엔 그것이 연애편지로 여겨졌는지, 그 일로 여러 번 교무실에 불려 다녔다고 했다.

 그나저나 이렇다 할 경제적 소득뿐만 아니라 예술인으로서의 알량한 명예도 없이 평생 곤고한 삶을 살아가는 나를 바라볼 때, 세상 돌아가는 물정을 모를 리 없는 부모는 왜 자식들을 예술인이나 수녀로 살아가기를 바랐었는지 선뜻 이해가 가지 않는다.
 고흐의 가난이 그랬고 모차르트, 베토벤은 물론, 최북이나 김홍도, 나아가 신윤복 그리고 현대에 이르러 이중섭과 박수근, 심지어는 세계적 비디오 아티스트 백남준의 삶도 빚더미에서 헤어나지 못했던 것을 본다면 예술인의 가난이란 어찌할 도리 없이 동서고금 세기를 뛰어넘어 대물림하는 숙명인 것 같다.
 복지국가에서는 예술인의 창작 활동을 장려하기 위해 다양한 지원책을 마련하고 있다. 그러나 그중 지원금은 학창 시절 학업 성취를 위한 장학금 개념이 아니라, 평생 예술의 길을 걸은 끝에 파산에 이른 노년 예술인을 위한 '위로금' 성격이어야 한다고 생각한다.

실제로 예술 지망생의 90% 이상이 30대에서 50대 사이에 중도 포기하는 현실을 감안하면, 미래가 불확실한 예술인 전반에 예산을 투입하는 것은 마치 밑 빠진 독에 물 붓기 같은 국고 낭비일 수 있기 때문이다. 오히려 노년에 곤경에 처한 예술인에게 국가가 관심과 지원을 집중한다면, 젊은 예술인들에게도 희망을 주고 창작 활동의 의지를 북돋우는 힘이 될 것이다.

그렇다고 해서 국가로부터 과도한 지원을 받는 것은 바람직하지 않다. 예술인의 가난은 국가의 정책 실패나 예술인의 직업 선택의 잘못에서 비롯된 것이 아니라, 그런 운명을 알면서도 스스로 선택한 삶이기 때문이다. 예술의 정수는 청정함에 있으며, 그 청정함을 꽃피우는 예술인의 삶에는 가난이 필수 요소다. 가난이라는 토양 위에서만 맑고 순수한 예술의 세계가 비로소 꽃을 피울 수 있는 것이다.

한편 예술적 안목과 소양이 높았던 형은 영화를 아주 좋아했는데, 특히 불란서 배우 알랑드롱이 출연하는 영화들은 거의 다 보았다면서 알랑드롱의 쓸쓸하면서도 허무해 보이는 연기가 마음에 든다고 했다. 그러면서 장터의 종다방 레지 아가씨더러 르네 끌레망 감독의 《태양은 가득히》 영화 주제음악을 틀어 달라고 하여 함께 듣기도 했다.

일찍이 내가 중학생이던 시절, 고등학생인 형은 시골집 툇마루에 누워, 지는 저녁 해를 바라보며 자주 노래를 부르곤 했다. 그때 부르던 서부 영화 《셰인》의 주제가와 영국 민요 〈대니보이〉, 〈홍하의 골짜기〉가 나의 마음을 사로잡았는데, 아직도 형이 부르던 셰인의 가사가 잊히지 않고 가슴에 남아 있다. '검푸른 저 산 넘어 깃들인 석양빛은 소리 없이 사라져… 넓은 벌판에 해는 떨어지고 먼 산울림만 날 불러 준다.' 마을의 악당들을 물리친 후 서부의 황톳빛 광활한 풍경 속으로 사라져 가는 셰인의 모습이 그려진다.

형은 영화에 관심이 커서, 한때 한국 영화의 낙후성에 대해 장문의 편지를 써서 배우 신성일에게 보냈다. 편지 내용에 공감했는지, 신성일은 어느 날 형을 불러 함께 설악산으로 영화 촬영을 다녀온 적도 있었다.

설악산으로 떠나기 전날, 어머니는 형과 함께 소공동에 있는 조선호텔과 반도호텔을 연결하는 반도조선아케이드에 들러 멋진 디자인의 남방셔츠를 사 입히던 일이 기억난다.

 당시 반도조선아케이드는 국내의 유수한 백화점보다 더 첨단을 보이는 통로형 매장이었는데, 개관식 때는 박정희 대통령이 테이프를 끊을 정도로 사람들의 관심을 집중시켰었다.

 형의 혈액형은 AB형이다. 형뿐만 아니라 모든 AB형들의 공통점이기도 하듯 형도 자신의 혈액형에 대하여 선뜻 잘 이해가 가지 않는 자부심 같은 것을 가지고 있었다. 흔히 AB형 보유자들의 성격이 괴팍하다고 하는데, 가만히 보면 AB형들은 종종 괴팍성과 천재성을 동일시하려는 경향을 보이는 것 같다. 그러면서 빠짐없이 하는 얘기가 'AB형은 천재 아니면 바보다. 나는 분명 바보가 아니니 천재가 아니겠느냐'는 식의 좀 썰렁한 주장을 펴곤 한다.

 형은 취향이 괴팍하여 자신처럼 미술학교를 두 번씩이나 응시하여 실패한 전쟁광 아돌프 히틀러를 상당히 좋아했다. 보통 사람으로서 이해 못 할 취향을 가지고 있는 형은 AB형이 맞긴 맞는 것 같다. 그런 형이 가족을 서울에 남겨 두고 아프리카 가나로 돈을 벌러 떠난 지 십

수 년이란 세월이 흘렀다.

　시골 생활은 한가롭고 고즈넉하다. 자전거를 타고 비포장 신작로를 따라 신수리 방향으로 얼마간 달리다 보니 제법 가파른 고갯길이 나타났다. 자전거를 끌다 타다 하면서 힘들게 언덕을 오른 후 내리막길을 만나 달려 내려갈 때의 기분이란, 평소 느끼지 못했던 지구의 중력이 나를 위해 그의 넉넉한 품을 한껏 벌려 주는 것만 같았다. 세찬 바람을 맞으며 낮은 곳으로 내려갈 때의 기분이 가슴 벅차오를 정도로 기뻤다.
　때로는 자갈들이 널려져 있는 너무나 야생스러운 비포장 길가에 앉아 휴식을 취하곤 했다. 오후의 늦은 햇살 때문이기도 했지만, 이내 자욱한 산간 마을의 저녁 풍경이 너무나 아름다웠다. 고요함 속에 엷은 우수가 깃든 듯한 산촌에는 클로버, 질경이, 쑥, 싸릿대, 그리고 작은 들꽃들이 어우러져 있었다. 가만히 보면 자연은 무심한데, 유독 사람만이 유심하여 문밖을 떠도는 것 같았다.
　멀리 머리에 빨래 광주리를 인 처녀가 삽살 강아지와 함께 초가 사립문을 열고 마당으로 들어서는 모습이 보이기도 했다. 굴뚝에서 저녁연기가 오르는 한가롭고 평화로운 풍경이었다. 저 집의 일원이라면 얼마나 좋을까, 그러면 내가 무심해질 수 있을 것만 같았다.

찬 기운을 느끼며 낙엽 진 남대천가에 앉아 물을 바라본다. 갈대숲 사이로는 기침하듯 빛을 반짝이며 강물이 흘러간다. 자연에 몰입할 때면 마음이 기쁘다. 기쁨은 빛과 같아 마음속에 가두어 둘 수만 없다. 그래서 잠들기 전이면 친구들에게 엽서를 쓴다거나 장문의 편지를 쓰곤 했다. 그러면 그에 대한 답장들이 짤막하게 엽서로 날아오곤 했다. 특히 동철네 집엔 아직 가 보진 않았지만 이화여고 3학년에 재학 중인 여동생이 있어 좀 더 자주 편지를 보내곤 했다.

그중 답장을 가장 잘해 주는 착실한 우군은 동철이다. 평소 감성적이고 무드를 좋아하는 친구답게 답장도 무드 있게 잘해 주었다.

'동철아, 낙엽 밟는 소리가 좋구나. 낙엽들의 비명을 들으며 걷는 기분이 짜릿하다. 뭐랄까 가벼운 흥분, 어쩌면 살아남은 자의 오만한 승리감 같은 것이라고나 할까? 즐거움도 이쯤에 이르면 잔인성을 띠었다 하겠지.

그런 것 같다. 많은 목숨이 이승을 하직하는 우울한 가을날, 대자연의 엄숙한 장례 기간 중 행해지는 낙엽 밟기 놀이는 필시 자연에 대한 예의는 아닐 것 같다.

생명의 종말을 확인하는 놀이가 무엇이 그렇게도 즐거울 수 있을까? 만면에 웃음을 띤 낙엽들이 지상의 가장 낮은 곳을 향해 몸을 날리는구나. 잘 자라…. 71년 11월 13일 와수리에서 윤복'

여느 친구들과는 달리 동철에게만은 봉투가 아닌 엽서를 이용했다. 짧으면 엽서 한 장, 길면 엽서 두세 장에 나누어 보냈다. 그래야 가족 누군가가 엽서를 손에 들었을 때 나의 글을 쉽게 읽을 수 있으리란 생각에서였고 특히 한 번도 본 일은 없지만, 여고 3학년에 재학 중인 동철 여동생이 나의 글을 보아 주었으면 하는 바람에서였다.

그러니까 당시 편지는 친구들이 수신자이긴 했지만 사실 속마음은 동철이 여동생에게 가 있었다. 그래서 여동생의 속마음을 미루어 짐작해 보기 위해 머리에 쥐가 나도록 염력을 동원했었다.

4
별향과의 첫 만남

 와수리에서의 생활도 일 년이 흘렀다. 남대천이 흐르는 강변에서 가족들과 더 오래 머무르고 싶었지만, 신학기 등록일이 가까워 상경해야 했다. 우수를 하루 앞둔 오늘, 오후가 되자 갑자기 진눈깨비가 내리기 시작했다. 녹아내리는 눈에 얼굴이 차가웠다. 가뜩이나 잿빛으로 우울해 보이는 서울 거리가 진눈깨비와 함께 신의 노여움이라도 산 듯 비탄에 잠겨 보였다.

 며칠 후면 동철이가 군에 입대한다 하여 창수와 함께 돈암동 동철네 집으로 갔다. 서라벌 예고 건물이 보이는 재개발을 앞둔 동네였다.

 그동안 창수네 집엔 여러 차례 가 보았지만, 동철네 집은 이번이 처음이다. 동철이가 전부터 여동생이 예쁘다고 은근히 자랑을 늘어놓곤 했었는데 그래서 그런지 가슴이 설렜다.

동철이가 약속 시간에 맞춰 미리 대문 밖에 나와 기다리고 있었다.

"어이, 용케들 찾아오셨구먼."

동철이가 손을 크게 내밀며 악수를 청했다.

"그나저나 오늘 같은 날엔 눈이 와야지, 진눈깨비가 올 게 뭐람…."

악수를 하고 나서 나는 목에 두르고 있던 머플러를 풀어 어깨에 쌓인 진눈깨비를 툭툭 털어 내었다.
대문 안으로 들어서려니 동철 어머니를 비롯한 식구들이 우리를 반갑게 맞아 주었다. 공휴일이라 아버지, 어머니, 누나, 여동생, 남동생 이렇게 다섯 식구가 모두 집에 있었다. 특히 인상이 시원시원해 보이는 큰누나는 오래전부터 우리를 잘 알고 있는 듯 첫마디부터 '얘, 쟤' 하면서 말을 놓았다.

"너희들 반갑구나, 동철한테서 그간 얘기를 많이 들었

어. 그러지 않아도 아주 궁금했었는데….”

"안녕하세요? 누님이시죠? 동철네 집에 한번 놀러 오고 싶었는데 오늘에서야 이렇게 인사를 드리게 되었네요. 동철이로부터 그간 누님 얘기를 많이 들어 잘 알고 있습니다."

나와 창수는 누가 먼저랄 것도 없이 누나에게 반갑게 인사를 건넸다. 인사를 나눈 후, 우리는 동철의 안내로 아버지가 계신 안방으로 들어갔다. 부모님께 큰절을 올린 뒤, 자리에 무릎을 꿇고 앉았다. 신문을 보고 계시던 아버지는 절을 받은 후,

"그러지 말고 편히들 앉게나…. 그래, 자네들은 언제 군에 입대하려나?"

하면서 우리들의 군 입대 계획과 근황을 물었다.

"저도 다음 달에 군에 입대하려 합니다. 3학년은 군에 다녀와 복학하려고요…."

입대가 예정되어 있는 창수가 먼저 대답했다.

"저는 3학년을 마치고 갈 생각입니다…."

"그래, 남자들은 역시 군에 갔다 와야 동료에 대한 믿음도 굳어지고 서로가 협력할 줄도 알게 되고 세상을 바라보는 눈도 넓어지지…."

창밖으로는 조금 전까지만 해도 진눈깨비로 내리던 눈이 하얀 눈으로 바뀌어 내리고 있다. 동철 아버지의 이런저런 덕담을 들은 후, 우리는 자리에서 일어나 동철이와 함께 건넌방으로 건너갔다. 큰누나도 따라 일어섰다. 큰누나가 다시 말을 이었다.

"윤복아, 네게서 온 편지를 식구들이 돌려 가며 읽었는데, 어쩜 그렇게 글을 잘 쓰니…. 특히 우리 별향이가 은근히 편지를 기다렸는데…."

하면서 웃었다. 그런 후 마당에서 부끄러운 듯 자리를 피해 있던 동철이 여동생을 향해 큰 소리로 불렀다.

"별향아, 거기서 뭐 하니? 눈도 오는데 안으로 들어오지 그래."

그러자 별향이가 마지못해 쑥스러운 듯, 엷은 웃음을 띤 채 방으로 들어왔다.

"별향아, 이쪽은 윤복 오빠고, 이쪽은 창수 오빠야…."

동철이보다는 오히려 누나가 우리를 적극적으로 소개했다.

"안녕하세요. 별향이에요…."

별향은 수줍은 듯 그러나 활기 있게 인사를 건넸다. 학교를 졸업한 지 얼마 되지 않아 여고생다움이 채 가시지 않은 단발머리 위로는 흰 눈이 녹지 않고 있었다. 엷은 볼우물과 함께 별향의 웃는 모습에서는 상대를 부드럽게 포용할 듯한 정감이 느껴졌다. 별향의 볼우물은 청신한 인상과 더불어 미소의 효과를 두 배 정도는 더 거두어 줄 것 같았다.

"서울엔 언제 올라오셨어요? 요안이, 마리아…. 와수리 동생들은 다 잘 있나요?"

하면서 계속 나를 바라보며 와수리의 소식을 묻곤 했다. 그동안 나의 작전대로 엽서로 동철에게 보낸 내 쪽의 소식을 별향이가 다 읽어 보았다는 얘기다. 한편 창수는 뭔가 돌아가는 분위기가 이상함을 눈치챘는지,

"음흠, 가만히 보니까 내가 모르는 사이에 모종의 썸씽이 있었던 것 같은데…."

하면서 의아해했다.

"하하하… 썸씽이라니…."

나는 그냥 웃음으로 난처한 순간을 넘겼다.

5
인연의 고리를 끊다

 창수와의 인연은 고교 시절로 거슬러 올라간다. 나는 회화과를 목표로 하였고 창수는 응용미술과를 목표로 하였다. 나는 삶에 대한 순수한 열정을 표현하기 위해서는 순수 예술이 적격이라 믿고 화가의 길을 택하기로 한 것이다. 밥을 먹고 못 먹고는 그 이후에나 생각해 볼 문제였다.

 그에 비해 창수의 목표는 상당히 현실적이었다. 공예 쪽의 일을 해 보고 싶다고 했다. 숟가락 디자인하는 일도 좋고, 보석 가공하는 일도 해 보고 싶다고 했다. 본래 만화가가 꿈이었다고 하는데, 한번은 만화를 그려 만화 작가에게 찾아가 보여 주었더니 데생 공부를 많이 하라고 조언해 주더라는 것이다.

 어쨌든 나와 창수는 애당초 예상했던 대로 삶을 같은

온도와 같은 깊이로 느낄 수 없었던 운명이었고, 내심 언젠가는 이 친구와 무연한 관계로 돌아설 수밖에 없음을 알고 있었다. 순수미술과 응용미술, 가야 할 길이 너무나 달라서….

 예상했던 대로 창수는 대학엘 낙방했고 나는 합격을 했다. 이제 좋든 궂든 창수와 함께해야 하는 화실 생활이 모두 끝나게 되어 홀가분했다. 솔직히 나는 하루빨리 그와 무연한 관계로 있고 싶었다. 그것이 서로의 삶을 위해 좋은 선택이라 생각했다. 인간의 영혼이란 서로 상승작용을 할 수 있어야만 한다고 생각했다. 그처럼 창수와 나는 스스로의 삶을 움직이는 원인이나 조건들이 다르기에 함께하는 시간들이 무의미하다는 판단이었다.
 창수는 당시 경쟁률이 높은 서울미대 응용미술과를 지원하기에는 실기 능력으로 보나 학과 실력으로 보나 준비가 너무나 부족한 수험생이었다. 후기 대학에 원서를 넣어 보았으나 그마저도 되지 않았다. 하지만 낙방을 한 것이 오히려 잘된 일이었을지 모를 일이다. 집에서 당시 국립대학의 세 배나 되는 사립학교의 학비를 감당할 만한 형편이 되지 못했기 때문이다. 그러니까 가난한 집

아이들은 당시 정부의 방침대로 죽으나 사나 국립대학엘 가야 할 판이었다.

되돌아보면 창수의 여자아이에 대한 욕심은 상당했다. 고교 시절 서대문에 있는 화실엘 다닐 때였다. 화실의 붙박이 식구라 할 수 있는 사람은 여학생으로선 미선이와 수경이, 현숙이, 남주 그리고 남학생으로선 나, 창수, 동철이 이렇게 일곱 명이었다. 미선이와 수경이, 현숙이는 같은 B여고 친구들이지만 남주만은 S예고에 다니고 있었다. 그 외에 가끔씩 화실에 나오다 말다 하던 학생들이 더러 있었다.

초중생들도 아니고 고등학생이 되어 여학생들과 이렇게 거의 매일같이 같은 공간에서 어울려 지내기는 처음이었다. 집에서나 밖에서나 검은 교복만 입고 생활하는 남학생들과는 달리 휴일이면 때때로 보기에도 부드러운 사복을 입고 화실엘 나오는 여학생 아이들이 평소보다 더 성숙해 보였다. 그리고 교복을 입고 있을 때와는 달리 여학생들의 말씨나 행동도 조금은 달라 보였다. 어른스럽게 세련되어 보이기까지 했다.

하루는 일요일 오후였다. 뒤늦게 화실의 소묘실에 나와 앉아 있으려니 옆방 조소 실기실에서 여자아이들의 키득거리는 소리가 들려왔다. 아마도 소묘실에 아무도 없는 줄 알았던 모양이다. 티격태격 저희들끼리 장난치는 소리가 들리더니 이어서 여자아이 하나가,

"얘, 초인종을 누르면 어떻게 하니…!"

하면서 깔깔대고 웃는 것이었다. 나는 순간 그게 무슨 소리길래 여자아이들이 저렇게까지 웃어 대며 좋아하는 걸까 궁금했었다. 하지만 시간이 흐르면서 초인종이란 가슴을 가리키는 여자아이들만의 은어임을 알아차리고서는 속으로 얼마나 웃었는지 모른다.

여자들이 무작위로 무리를 지어 있을 땐 열 명 중 한 명꼴로 얼굴 반반한 여자가 섞여 있는 법이다. 그러니까 남자가 특별히 까다롭다거나 안목이 높은 눈을 가지고 있지 않은 다음에야 한 번쯤 사귀어 보고 싶다고 여겨지는 여자가 있게 마련이다.

그런 점에서 비록 화실엔 여학생들이 네 명뿐이었지만

S예고를 다니던 남주라는 여학생은 참 멋있었다. 당시 선풍적 인기를 끌었던 멜로 영화 《미워도 다시 한 번》의 주연을 맡았던 인기 여배우 문희를 연상시킬 듯했고, 내 개인적으론 올림픽 성화를 채화하는 헤라신전의 선녀와 같다는 생각을 하기도 했다.

여자 욕심이 강한 창수가 먼저 마음이 흔들리기 시작했다. 하지만 객관적으로 보아 남주는 우리 셋 중 어느 누구도 어떻게 해 볼 만한 상대는 아니었다. 마치 가까이 다가설 수 없는 차가운 오라가 남주를 감싸고도는 것 같았다. 훗날 약간의 증오감마저 수반한 창수의 세상에 대한 냉소와 대결감은 어쩌면 남주와의 실연 사건 이후로부터 서서히 방향을 잡은 것 같았다.

그런데 창수가 관심을 가지고 있던 여자아이는 남주 외에 수경이가 더 있었다. 수경이는 귀여운 인상에 사교성도 좋아 우리들과 두루 잘 어울리곤 했는데, 내가 가정 형편으로 화실을 중도에 쉬던 학기 초 5월 말까지 화실을 끝내고 귀가할 때에는 나와 인근 버스 정류장까지 동행하곤 했다. 우리는 때로는 가깝게 때로는 저만치 거리를 두어 가며 걸었다.

화실에서와는 달리 나는 고교생으로서 동원할 수 있는

교양이란 교양은 다 동원하여 수경이와 이야기를 나누었다. 그리고 그때 처음으로 여학생과의 대화가 오월의 수목처럼 싱그럽다는 것을 느꼈다.

당시 나는 교과목 중 일반사회 과목에 대한 관심이 증폭되면서 사춘기적 감성의 틀을 벗어나 짐짓 철학적 사유에 대하여 눈을 뜨기 시작했는데, 이 학년 국어 교과서에 실린 이양하의 「페이터의 산문」은 나뿐만 아니라 생각에 잠기기 좋아하던 당시 고교생들에게는 대단히 매력적인 단원이었다. 생각 여하에 따라 삶을 넓고 깊이 있게 영위할 수 있다고 하는 점을 깨닫게 해 주었다. 지금도 기억에 뚜렷이 남아 있는데,

'너를 여기서 내보내는 것은 부정한 판관이나 폭군이 아니요, 너를 여기 데려온 자연이다. 그러니 가라. 배우가 그를 고용한 감독이 명령하는 대로 무대에서 나가듯이, 아직 5막을 다 끝내지 못하였다고 하려느냐? 그러나 인생에 있어서는 3막으로 극 전체가 끝나는 수도 있다. 그것은 작자의 상관할 일이요, 네가 간섭할 일이 아니다.'

이 얼마나 멋진 구절인가? 그때까지 답답하고 어둡던 인생의 전도가 환히 밝아 오는 것만 같았다. 사춘기 고교생의 사유에 짐짓 엔진을 달아 주었던 것이다.

잠시 화실을 쉰 후 돌아와 보니, 그사이 화실 분위기가 많이 바뀌어 있었다. 창수의 소묘 실력이 몰라보게 향상되어 있었고 무엇보다 창수와 수경이의 사이가 전과는 달리 많이 다정해 보였다. 나로서는 조금은 서운한 일이긴 했지만 할 수 없는 노릇이었다.

그러나 여름 방학도 끝나고 가을로 접어들자 이번엔 수경이가 동철이와 가까이 지내는 것 같았다. 그 같은 당혹스러운 현상이 벌어지자, 아니나 다를까 창수가 깊은 고민에 빠져들기 시작했다. 그리고 내게 어떻게 했으면 좋겠느냐고 고민을 토로하는 것이었다. 창수는 수경이가 동철이를 필요 이상으로 좋아한다며 분노하였다.

그러나 내 보기엔 어느 한 사람에게 편중되지 아니한 수경이의 명랑한 사교성이 우리들 사이에 공평무사하게 적용되고 있을 뿐이라는 판단이었다. 한마디로 창수가 수경이를 짝사랑했던 것이다.

창수는 수경이가 동철이와 가까이 지내는 것을 더 이

상 보다 못한 나머지, 문제 해결을 위해 동철이와 담판을 짓겠다고 했다. 말이 담판이지 내심은 싸우겠다는 뜻이었다. 동철이가 수경이에게 자꾸 접근을 하니까 수경이가 저런다는 것이다. 담판 장소는 화실 뒤편에 있는 금화산. 그러니 나도 같이 가자는 것이었다.

동철이와는 사전에 이미 약속이 되어 있었는지 8시 정각이 되자 동철이가 먼저 화실 문을 나섰고 이어 창수가 나에게도 같이 나가자는 신호를 보내왔다. 여학생들 쪽에서 그림을 지도하고 계시던 선생님은 무슨 일이 있는 줄 모르는 눈치였다.

그런데 뜻밖에도 창수는 화실 밖 금화산 쪽으로 향한 길로 접어들자 인근 구멍가게에 들러 소주를 한 병 사는 것이었다. 교복을 입은 학생 신분에 술을 사는 모양새도 그렇지만 술을 마시고서 어떻게 하자는 것인지, 대화보다는 경우에 따라 술기운에 의한 왜곡된 판단과 부풀린 힘으로 문제를 해결해 보겠다는 속셈이 아닌가? 최소한 담판 과정에서 상대방으로 하여금 혐오감 내지는 불안감을 느끼게 하여 결과를 자신 쪽으로 유리하게 이끌어 내려는 소위 조폭식 의도인 것 같았다.

그나저나 평소 남의 도움을 받아야 문제를 해결할 수

있으리만큼 의지박약해 보이는 창수가 이처럼 공격적인 대응 자세를 보이는 것이 뜻밖이었고, 순리와 선한 의지에 따라 행동하리라 예상했던 것과는 달리 자신의 이익을 위해서라면 수단과 방법을 가리지 않을 수도 있음을 암시해 주는 그의 태도가 역시 뜻밖이었다. 더군다나 사태의 본질은 폭력적 응징을 합리화할 수 있는 어떠한 명분도 허용하고 있질 않았다. 그러니까 동철과 수경이로부터 비롯된 문제는 창수 자신이 자신에게 처해진 운명을 감수할 수밖에 없는 성질의 것이었다. 사랑의 감정이란 숙명적인 것이기 때문이다.

아무튼 평소의 이미지와는 달리 당시 이중성을 띤 그의 시각과 태도는 나로 하여금 인간 창수에 대한 믿음을 추락시키는 데 한몫했다.

놀랍게도 후에 들려온 소문에 의하면, 동철이가 수경이를 포기하도록 주변의 힘센 동료들에게 폭력 행사를 막후공작 하기도 했던 모양인데, 이처럼 창수의 선해 보이는 이미지 뒤에는 나로서는 수용하기가 쉽지 않은 불길한 그림자 같은 무엇이 드리워져 있었다.

어쨌든 주먹을 휘두르며 싸우는 사태가 일어나기라도

한다면 말려야 한다는 생각이 들자, 나는 창수를 따라나서기 잘했다는 생각이 들었다. 산엘 오르니 동철이가 먼저 와 있었다. 달빛이 휘영청 밝았다. 산이라야 동네 뒷산에 불과해 화실을 비롯한 서대문 일대의 풍경들이 손에 닿을 듯 가까이 다가와 보였다. 반짝이는 금화산 달동네 집들의 불빛이 정겨웠다.

창수와 동철이는 나를 가운데로 하여 나무 아래 빈터에 앉았다. 한동안 침묵이 흘렀다. 추석이 가까워서인지 밤바람이 옷깃을 쓸쓸하게 스치고 지나갔다. 왠지 지난 여름날의 뜨거웠던 체온을 박탈당한 듯 가슴께가 허전해 왔다.

창수가 표정을 굳히더니 더듬는 말투로 먼저 말문을 열었다.

"동철이 너… 내가 왜 너를 보자 했는지 알 거야. 수, 수경이를 다, 단념해라…. 친구 사이에 할 수 있는 일과 해서는 안 되는 일이 있다는 것쯤은 아, 알고 있겠지…."

매사에 긍정적이며 사람 좋아 보이는 동철이는 난감해했다. 수경이가 본래 사교적인 아이이고 화실 동료라 별뜻도 없이 가까이 지낸 것뿐이었는데, 마치 동철이가 창수의 여자 친구를 가로채기라도 한 듯한 분위기로 몰아가는 것이었다.

"창수야, 솔직히 말해 나는 수경이에 대하여 어떤 생각도 가지고 있지 않다. 너도 알지만 걔, 누구한테나 다 상냥하잖아…. 그리고 나도 화실이라는 공간 안에서 그저 동료로서 잘 지내는 것뿐이고…. 아무튼 걱정 마라, 나는 별다른 의도 없이 화실 생활을 하고 있으니까. 네가 수경이를 좋아한다는 것도 내가 너무나 잘 알고 있고…."

중간에 나도 한마디 거들지 않을 수 없었다.

"실은 내가 봐도 그런 것 같다. 창수가 그만큼 수경이를 좋아하고 있기에 있을 수 있는 오해가 아닌가 하는데…. 그러지 말고 우리 잘 좀 지내보자고. 남학생이라곤 우리 셋뿐이지 않냐. 동철이가 친구를 불편하게 할 사람은 아닌 것 같은데…. 아무튼 없었던 일로 하고 화해들을 하지 그래…."

다행히 그날 창수와 동철이는 이렇다 할 큰 다툼 없이 술을 두어 모금 나누어 마시고서는 화해를 했다. 동철이가 수경이에게 딴마음을 먹지 않는다는 것을 조건으로 하여….

그날 이후 동철이는 의도적으로 수경이를 멀리하려는 태도가 역력했다. 그런데 창수가 보기와는 달리 여자에 대한 욕심이 꽤나 많았던 것 같다. 몇 명 되지 않는 화실의 여자아이들 중 남주를 비롯해서 수경이까지 두 명씩이나 자기 여자인 듯 점찍어 버렸으니 다른 사람들은 그 여자아이들을 어떻게 해 볼 도리가 없었다.

화실 생활이 끝나자, 동료들은 각기 자신들의 갈 길로 흩어졌다. 물론 여학생들도 이제는 쉽게 볼 수 없게 되었다. 동철이 역시 응용미술과 진학에 실패한 후 K대학으로 진학했고, 창수가 짝사랑하던 수경이를 비롯 미선이와 현숙이는 나란히 H미대에 진학, 하지만 남주는 E여대 미대를 낙방하였다.

그런데 창수는 대입 낙방도 낙방이지만 짝사랑하던 수경이를 더 이상 볼 수 없다는 것이 몹시 괴로웠던 것 같다. 시간만 나면 수경이네 집이 있는 영등포 대림동을 찾아가 온 동네를 헤매고 다니곤 했다.

주로 해가 넘어가는 저녁 시간이면 수경이네 동네를 찾았다. 가만히 보면 땅거미가 내리는 일몰 시간이면 그리움의 정이 더욱 촉발되는 것 같았다. 하기야 현재 내가 살고 있는 봉덕동 뒷산에 서식하는 짐승들의 울음소리도 해만 지면 더 애절해지고 잦아지곤 하니까. 특히 석양이 아름다운 날 저녁이면 노루의 울음은 가히 천둥소리에 가까울 정도다.

어떤 경우엔 녀석이 당시 홍제동 우리 집까지 찾아와 나와 동행을 하자고 하여 같이 따라나선 적도 몇 번 있었다. 오래된 기억에 영등포 대방동 철길도 건넜고 고가다리 밑으로도 지났던 것 같다. 막연히 어느 집인 줄을 모르는 상태에서 그 근처엘 가 '수경아!' 하고 두세 번 정도 이름을 소리쳐 불러 보곤 돌아왔다. 그래야 속이 후련해지는 모양이었다.

그럴 경우엔 무어라 위로의 말을 할 수도 없었다. 그저 돌아오는 길에 포장마차에 들러 술잔을 같이 기울여 주는 수밖에 없었다. 충분히 이해가 갈 만하였다. 창수는 정말로 수경이를 사랑했으니까….

창수의 재수 생활이 시작되었다. 나도 이제는 입시 준비에 정진해야만 할 창수를 위해서라도 내 갈 길을 재촉해야겠다고 생각했다.

우리들이 보통 그동안 사람 많이 변했다는 말을 쓰곤 하는데, 실은 사람에 대하여 우리가 잘 모르고 있었다는 얘기다. 세월이 흘러 30대 후반으로 접어든 늦은 나이에 창수로부터 최종 마음을 접어야겠다고 결심한 이유도 고교 졸업 때와 마찬가지로 변함없는 그의 가벼운 언행과 감각에 의존하는 천민적 사고 때문이었으니까. 게다가 막판에 이르러서는 나를 상대로 전에 하지 않던 낯간지러운 마키아벨리즘도 구사하였다.

사람은 변치 않는다. 하기야 나도 십 대 때부터 시작한, 어떻게 보면 허황된 생각을 돌리지 못하고 끝내는 히말라야를 거쳐 이곳 봉덕동 골짝까지 왔으니….

대학 조소과를 졸업한 후, 창수는 가까운 친구의 소개로 전공과는 달리 평소 자신이 바라던 디자인 업체에 취업을 하였다. 그런 후 그는 디자인 미술의 이중적 속성을 교묘하게 활용하면서 한세상을 살아가는 것이었다.

때로는 이상주의자연하며 순수 예술인들과 어울리기도 하였고, 때로는 디자인의 비즈니스적 속성을 앞세워 뒤에서 친구의 사업권을 가로채는 등 비루한 짓거리를 하며 살아갔다. 그러니까 디자인 미술의 속성을 최대한 악용하여 자신의 욕심을 채우는 것이었다. 그러는 과정에서 조각이라든가 회화와 같이 순수 예술을 하는 동료들의 마음에 적지 않은 상처를 주기도 했다.

나는 교내에서 홀로 지내는 시간이 많았다. 시위로 인해 휴강이 있는 날에는 인근 도서관에 들러 책을 본다거나 토요일이면 삼선교 윤식이네 집엘 놀러 가 시간을 보내곤 했다. 지난겨울 윤식이 아들 결혼식 때도 다녀왔지만 윤식이는 넓은 서울 바닥에서 같은 강원도 출신이라는 인연 때문에 고1 때부터 변함없이 가까이 지내고 있는 사이다.

그러나 무엇보다도 강원도 사람답게 사람들의 손을 많이 타지 않아 예를 잃지 않고 있는 변함없는 태도가 좋아 가까이하게 되었다. 흔히 서울 사람처럼 사람 틈바구니에서 사람 손을 많이 타며 살아가다 보면 깍쟁이가 되기 쉬운 법이다.

이쯤 해서 사람이 득시글거리는 저잣거리에서 예를 잃지 않고 살아가는 사람이 있다면 우리는 그를 일러 성인이라 해도 좋을 것 같다.

윤식이는 H대 물리학과를 다니고 있었는데, 이과계열 아이들 특유의 성품처럼 간결하게 정돈된 사고와 행동이 내게 믿음을 주었다. 한 가지 현상이 계속 반복되면 지루해지는 법이다. 그러나 인간의 믿음은 아무리 되풀이되어도 싫증이 나질 않는다. 오히려 정성을 다할수록 관계가 깊어지고 넓어지는 것 같다. 아무튼 그와의 친교는 비록 유별나지는 않지만 해가 갈수록 소리 없이 두터워지는 것을 느낄 수 있었다.

한마디로, 창수처럼 교우 관계를 시간 죽이기의 방편쯤으로 생각한다거나 우정을 조폭 사회의 의리 구현쯤으로 생각하는 질 낮은 부류의 아이가 아니었다.

지금 되돌아보면, 창수는 홀로 있는 시간을 몹시 힘들어했던 것 같다. 그래서 그는 항상 자신의 주변에 사람을 둔다거나 아니면 사람을 쫓아다닌다거나 하면서 시간을 보냈다. 그러니까 창수는 자신에게 주어진 무한하고도 청정한 시간을 홀로 창의성 있게 경영할 준비가 되어 있지 않은 아이였다.

그러나 그 좋던 시간도 잠깐이었다. 1학년 1학기가 끝나 갈 무렵 창수로부터 엽서가 날아왔다. '보고 싶다'고…. 서대문 키다방에서 만나자고. 약속 장소와 시간이 적혀 있었다.

당시 서대문 극장 뒤편에 있던 키다방은 고교 졸업 직후 화실 아이들과 처음으로 다방이라는 데를 찾아간 곳이었다. 말하자면 고교생의 신분을 벗어나 최초로 발을 디딘 유흥업소인 셈이다. 담배 니코틴 맛 나는 커피 한 잔을 시켜 놓고 무슨 할 이야기들이 그렇게 많던지…. 그때 커피 한 잔 값이 고급 청자 담배 한 갑 값이었으니까, 아마도 50원이었던 것으로 기억된다.

하지만 난 무시했다. 창수와 더 이상의 연결 고리를 갖는다는 것이 무의미하다는 생각이었으니까. 화실 생활을 할 때부터 내심 그랬었다.

그나저나 창수는 학교 떨어져서 재수하기가 바쁠 텐데 뭣 때문에 그런 엽서를 보냈을까, 공부할 생각은 않고…. 같이 재수하는 입장이라면 서로 위로도 될 겸 입시 정보도 교환할 겸, 또 하루의 일과도 비슷하여 그럴 수 있다손 치더라도 이미 수험 생활로부터 벗어나 있는 사람을 봐서는 무엇 하자는 것이었는지.

그렇다고 해서 재수생과 대학생이라고 하는 엇갈린 팔자를 극복하고서라도 만나야만 할, 지난날의 피치 못할 숙명적 사연이 있었던 것도 아니고, 또 그렇다고 해서 내가 그의 도움을 받아 대학엘 들어간 것도 아니고…. 아무튼 그와 내가 어떤 심리적 채권 채무 관계에 놓여 있던 것도 아니었는데 말이다. 나로선 이해가 되지 않았다. 오히려 내가 보자 하더라도 재수생인 창수가 피해야 할 상황이었는데도 말이다. 과 동료들에 의하면, 심지어 어떤 날에는 학교로 찾아와 나를 찾기도 하더라는 거였다.

며칠이 지나자 다시 엽서가 날아왔었다. 보고 싶다고. 같은 내용이었다. 하지만 역시 나가질 않았다. 그래도 계속해서 엽서가 날아왔다. 매번 거의 같은 내용이었다. 당시 두 집엔 모두 전화가 없었기 때문에 연락은 철저히 우편엽서라야 가능했다.

하지만 마지막 열 번째 되는 엽서엔 자못 심각하고, 그러나 지금 돌이켜 보면 더 이상 대지에 깊이 뿌리를 내릴 수 없는, 감각적이면서도 만화 같은 창수 버전의 말투가 적혀 있었다.

'내가 이제껏 너에게 나 자신을 너무나 많이 보였던 것 같다. 만나고 싶다.'

읽는 순간 마치 조폭 집단의 최후통첩성 발언을 들은 것 같았다. 하지만 창수와의 악연이 계속되려 했는지 나는 그 마지막 엽서에 감동을 받아 결국 회심을 하고 말았다. 뭐랄까, 집요하고 끈질김을 넘어서는 진지함 같은 것이 배어 있다는 생각이 들었기 때문이다. 갑자기 나 자신이 부끄러워졌고, 이어 나는 나를 심하게 자책했다. '창수가 나를 이렇게 원하는데 나라는 사람이 얼마나 잘났기에 만나자는 그 요구를 거절할 수 있단 말인가' 하고. 마침내 창수의 모든 것을 이해하고 친구로 받아들이기로 한 거다.

나는 약속 장소에 나갔고 이후 틈틈이 시간이 날 때면 그와 어울리는 시간이 많아졌다. 그랬던 창수와 내가 춘천으로 내려오면서 비로소 인연을 끊을 수 있게 되었다. 그동안 얼마나 무의미한 나날의 소진이었던가. 한 번뿐인 인생 무엇보다 사람을 잘 헤아려 만나야 한다는 것을 절실히 깨달았다.

6
별향, 뜻밖의 학교 방문

 동철네 가족들은 대체로 동철이처럼 골격이 굵고 시원한 인상을 하고 있었다. 별향이도 물론 정감 있는 미인형의 외모에 키도 늘씬하게 컸다.

 어머니와 누나는 동철이가 군에 입대하여 없더라도 어려워 말고 자주 집에 놀러 오라고 하였다. 그러지 않아도 별향이가 첫눈에 들어 마음이 설레는 터라 동철이가 없어도 자주 놀러 오라는 얘기는 나로선 무엇보다도 반갑고 고마운 얘기였다. 머릿속에 잠시 전깃불이 환하게 들어왔다 나가는 기분이었다.

 "어머니, 정말 그렇게 불쑥 찾아와도 괜찮을까요?"

 "아무렴…. 괜찮아, 동철이가 군대 가면 집안이 심심

해서…. 하하하….”

어머니는 시력이 좋지 않은지 얘기할 때면 미간을 찌푸리면서 나를 바라보았다.

"아이, 그럼 나도 군대 가지 말아야겠는데….”

하면서 창수가 아쉬운 듯 웃으며 말했다. 그날 그렇게 동철네 집에서 식구들과 저녁 식사를 한 후 우리는 헤어졌고, 동철이는 며칠 후 입대했다. 그리고 얼마 안 있어 창수도 3학년 등록을 미루고 군에 입대했다.

나는 신학기가 되어 3학년으로 등록했다. 실기실 내에서 나의 자리도 정해졌고, 동양화 화판도 새롭게 크기별로 대형, 중형, 소형으로 주문해 놓았다. 100호 크기의 대형 화판에는 산수화를, 중형 화판에는 인물화를, 소형 화판에는 정물화를 그릴 것이다. 정물화라고 했지만, 동양화의 전문 용어로는 기명절지화(器皿折枝畵)라 부른다. 이는 놋그릇이나 도자기에 꽃, 과일, 채소 등을 배치하여 그린 그림을 말한다.

토요일에도 강의가 있었는데 강의가 끝나면 주로 혜화

동 위에 있는 삼선교 윤식이네 집엘 들러 시간을 보내다 집으로 돌아오곤 했다. 삼선교 집에는 윤식이 고모가 속초에서 올라와 윤식이 남매와 자신의 딸의 서울 생활을 뒷바라지해 주고 있었다.

학년 초 한기가 남아 있는 봄바람을 맞으며 혜화동 로터리를 걷는 기분이 좋았다. 불과 몇 년 전까지만 해도 좌우로 흔들리며 달리는 모습이 조금은 얼떠 보이는 전차와 함께 혜화동로타리는 한국은행 본점 앞의 분수대가 있는 로터리와는 달리 서울에서 가장 따뜻하고 아름다운 거리라 생각했다. 이 나라 행복한 중산층들이 사랑하는 단층의 상업은행 건물이 있는가 하면, 로터리 서쪽에는 창가에 베고니아 화분이 놓인 우체국이 보이고 건너편에는 동성고등학교와 담쟁이가 무성한 혜화동 성당이 보였다.

성당 벽면에는 예수와 여러 성인의 모습이 화강암 부조로 장식되어 있어, 흔히 보아 온 참담한 모습의 예수 고난의 십자가상과는 달리 현대적 분위기를 자아냈다. 특히 붉은 벽돌로 조성된 종탑 벽면에 부착된 성 베네딕토 부조상이 그랬다. 이 부조상은 광화문 네거리에 세워

진 이순신 동상을 제작한 김세중의 작품이라고 한다.

한편 줄장미로 장식된 로터리 사이로 전차가 '냉냉냉' 장난스럽게 경종을 울리며 지날 때면 당시 드세게 불던 새마을 운동 바람과는 거리가 있어 마치 일대가 욕심으로부터 자유로운 해방구처럼 평화롭게 느껴졌다. 그런가 하면 머나먼 유럽의 베네룩스 3국 어느 나라의 소인이 찍힌 그림엽서처럼 이국적이면서도 아름답게 느껴지기도 했다.

이제 그로부터 40여 년이 지난 지금, 전차가 지나던 그 아래로 세련된 지하철이 운행되고 있을 것이다. 서울 시내에서 전차가 사라진 것에 대한 아쉬움이 남아 있는데, 청계천도 옛 모습을 살려 복원할 의지를 가지고 있다면, 구한말 고종 때 도입되어 근래까지 운행되던 전차를 다시 복원하는 것은 어떨까 한다.

예전 종로 사가에서 원남동 로터리를 지나 창경궁 앞을 거쳐 혜화동 로터리를 통과하던 전차 노선을 인근으로 이전하여, 종로 오가에서 시작해 대학로를 경유하고 혜화동 로터리를 지나 삼선교 돈암동에 이르는 구간만이라도 복원한다면, 600년 역사의 도시 서울이 더욱 격조 있게 보일 것이며, 서울의 관광 명소로도 한몫할 수 있을 것 같다.

 과거를 추억하는 시간이 좋다. 초등학교 시절에는 유치원 시절이 그리웠고, 중학교 때는 초등학교 시절이, 고등학교 때는 중학교 시절이, 대학교 때는 고등학교 시절이, 직장 생활을 하던 시기에는 대학 시절이 그리웠다. 그리고 이제 초로에 접어든 나이가 되어서는 주로 전차가 다니던 혜화동 로터리와 퇴계로의 아테네 학생극장을 추억하고 있다.

 가장 오래된 기억으로는 동해 푸른 바다가 보이는 주문진 신성유치원 다닐 때의 추억들이다. 유희 시간엔 여동생과 짝을 지어 춤을 추었고, 창가 시간엔 선생님의 풍금 반주에 맞추어 노래를 부르곤 했다. 그런데 노래까지는 부르겠는데 여동생과 짝을 지어 춤을 추던 일은 정말 내겐 부끄러운 일이었다. 누가 가르쳐 주지 않았는데도 춤은 남자가 출 것이 아니라는 강한 고정관념 때문이었다.

 유치원이 끝나고 집으로 돌아오는 길목에선 시위대를 만나기도 했는데, 피켓을 든 군중들이 노랫가락에 맞추어 '통일 없는 휴전은 결사반대다'라는 구호를 외치며 거리를 지나가곤 했다.

지나간 시간들을 추억하기 좋아하는 나에게 혜화동 로터리를 지나는 전차와 퇴계로 아테네극장에 대한 기억은 과거와 현재를 가르는 뚜렷한 분기점과 같은 것이다. 추억의 절정엔 태엽이 풀리듯 어둑어둑한 흑백 화면 속으로 달리는 전차가 있는가 하면 3D 화면처럼 아테네극장의 영화 간판이 떠오르곤 한다. 비 오는 날 '냉냉냉' 놋주발 두드리는 소리를 내며 종로를 달리던 전차가 그립다. 전차가 사라진 뒤의 철길은 빗물에 하염없이 번쩍였었지.

《빨간 마후라》라든가 《오인의 해병》, 《상록수》처럼 서울서 개봉한 후 최소 2년 남짓은 지나야 상영되던 시골의 갈말극장과는 달리 아테네극장의 천장 조명은 영화 상영과 함께 서서히 석양처럼 사라지는가 하면 종영과 동시에 천천히 여명처럼 밝아 오곤 했다. 그 모습이 그렇게 신기하고 세련되어 보였다. 그도 그럴 것이 발동기로 요란하게 전기를 일으키던 갈말의 전등불들은 죄다 들고나기가 번갯불 치듯 했었으니까….

아테네극장에선 안부라이스 주연의 《로즈마리》라든가 《황태자의 첫사랑》, 《에덴의 동쪽》 등 학생 관람이 가능한 영화들만 상영하였다.

나도 철없는 반항기 시절을 거쳐 봤지만, 《에덴의 동쪽》에서 제임스 딘이 연기한 반항아는 과장되어 다소 억지스러워 보였다. 마치 근래 상영했던 《가을의 전설》 속 상남자 브래드피트의 겉멋과 퍽이나 많이 닮아 보였다. 역사의 마디마다 명분과 혁명을 좋아하는 서구식 관절문화가 낳은 전형적 인간형이 아닐까 하는 생각이 든다.

때로는 아이들과 서울시 합동 순찰교사단 몰래 《천국과 지옥》이라는 영화를 보러 시청 앞 플라자호텔 자리에 있던 경남극장을 출입한 적도 있었다.

고2 때였다. 공부가 하기 싫고 마음이 울적할 때면 전차에 올라 한강 인도교를 건너 노량진과 영등포를 다녀오기도 했다. 해 질 녘 늪을 떠난 철새들이 허공을 가로질러 한강을 건너는 풍경은 평화로웠다. 그런 풍경과 함께 제2한강교(양화대교)가 아스라이 강을 건너고 있었다. 그때까지만 해도 한강을 건너는 다리는 한강 인도교와 철교와 광진교와 제2한강교가 전부였다.

그 후 얼마 안 있어 제3한강교(한남대교)가 놓였고 다리가 준공되던 날, 서울은 온통 축제 분위기로 들떴다. 훗날 TV 화면에 혜은이라는 앳된 용모의 가수가 등장해 〈제3한강교〉를 부르며 큰 인기를 끌기도 했었다. 컬러텔레비전이 보급되기 이전 흑백 모니터의 시대라 그런지 모든 기억들은 흑백 영상으로만 구현되는 것이 흥미롭다. 당시 가장 화려한 아이돌 가수이던 혜은이의 모습도 흑백으로만 기억된다.

그리고 2학년 때는 장난을 좋아하는 친구와 함께 전차를 타고 서울을 일주하기도 했었는데, 하루는 광화문 네거리를 지날 때 운전석과는 반대편인 전차 뒤 창밖으로부터 흘러들어 온 밧줄이 궁금하기도 하여 만지작거리다가 잡아당겨 보았더니 그만 전차가 더 이상 가지 못하고 주춤주춤 서는 것이었다. 밧줄을 아무리 늦추어 주기도 하고 흔들어 보아도 전차는 움직일 생각을 하지 않았다.

그때 황금빛 단추가 빛나는 검은 제복의 차장 아저씨가 놀란 표정으로 달려와 살피던 모습이 선연하게 남아 있다. 아마도 그 밧줄은 공중에 가설된 전선과 전차와의 사이를 연결해 주는 폴을 붙였다 떼었다 해 주는 장치였던 것 같다.

　우리는 모르는 척 시치미를 떼고 창밖의 아카데미극장 영화 간판만을 바라보고 있었다. 극장에서는 《황태자의 첫사랑》을 상영하고 있었다. 마리오란자의 노래하는 모습과 안부라이스의 웃는 얼굴이 크게 그려져 있었다. 안부라이스의 웃는 입은 왜 그렇게 크던지 내 눈에는 함지박만큼이나 커 보였다. 한국 여자들과는 달리 서양 여자들의 입은 평소 작아 보이다가도 웃을 때면 유별나게 커 보이는 것이 흥미로웠다. 마음껏 커 보이는 것이었다. 《황태자의 첫사랑》이 학생 전용 극장인 아테네극장까지 오려면 1년은 족히 기다려야 할 것 같았다.

　윤식이의 성정이 단정한 데다 고모 또한 성품이 인자하고 온유하여 윤식이네 집에 친구들이 자주 몰려들었다. 나뿐만 아니라 병준이도 주말 단골손님이었다. 창수와는 이 다방 저 다방을 전전하며 건달들처럼 거리에서 시간을 보내는 일이 전부이다시피 했는데 윤식이와는 그렇지 않았다. 병준이나 윤식이 다 같이 술을 마시거나 컴컴한 다방에 앉아 시간을 보내는 것을 좋아하지 않아, 만나면 윤식이네 집에 모여 앉아 기타 반주에 맞춰 김세

환의 〈목장길 따라〉를 부르곤 했다. 노래를 부르다 지루해지면 담소를 나누며 시간을 보내곤 했다.

얘기에 딱히 정해진 주제는 없었다. 그저 우리들의 다양한 신상 변화에서부터 세상 돌아가는 일에 관하여 나름대로의 생각들을 토로하며 이견을 조율했다. 이야기는 진솔하면서도 진지했다. 그처럼 시간을 소모적이 아닌 생산적으로 보낼 수 있어 그들과 함께 어울리는 일이 좋았다.

별향의 모습이 눈앞에 잔상으로 남아 잠을 이루기가 어려웠다. 시골 갈말중학교 다닐 때의 여자아이들과는 또 다른 기분이었다. 사춘기의 이성에 대한 감정이 수채화 빛이었다면, 뭐랄까 지금의 기분은 뭉클한 유채 그림 같은 성숙한 질감이라고나 할까? 그리움의 숨소리가 한 발자국 더 가까이 피부에 와 닿을 것만 같았다.

별향을 알게 되어 한없이 기뻤다. 별향을 알게 되면서 흐트러진 나를 좀 더 단단히 조이고 정리할 수 있어 좋았다. 내밀한 심중을 일기를 쓰듯 편지로 숨김없이 전할 수 있어 좋았다.

밤마다 별향에게 편지를 썼다. 어느 날엔 두 차례씩이

나 편지를 보내곤 했다. 편지를 거리의 우체통에 넣고서는 그것도 성에 차지 않아 불쑥 별향에게 달려가곤 했다. 별향이네 집엘 가 보면 대문 안에 아직 나의 편지가 수습되지 않은 채 떨어져 있는 날도 있었다.

연애편지는 상대방의 비이성적인 정서에 호소하여 이쪽의 존재를, 될 수 있으면 오판에 이르도록 하는 다분히 사기성을 띤 글이라 어찌 읽어 보면 내용이 부질없기도 하고 어찌 읽어 보면 자못 감동적으로 전해지기도 하는데, 특히 밤에 쓴 편지는 아침에 일어나 맑은 정신으로 읽어 보면 유치하기가 짝이 없어 어디 쥐구멍이라도 있으면 몸을 숨기고 싶은 심정이 들기도 했다.

그래서 나는 편지를 부치기 전엔 반드시 거리를 걸어가며 읽어 본다거나 전차나 어수선한 시내버스 뒷좌석쯤에 올라앉아 몇 번씩 검토해 본 후에야 보내곤 했다. 어수선한 사람들 틈바구니에 끼어 앉아 읽어 보아서도 지난밤의 감동을 변함없이 간직하고 있는 명문장이라면 상대방의 마음을 움직일 수 있으리라 생각했기 때문이다.

당시 별향은 대학엘 낙방한 후 기분이 울적해 있었는데 나로부터 보내오는 편지가 큰 위안이 된다고 했다.

별향은 기타를 치기도 했다. 우리는 건넌방에서 유행하는 노래들을 기타 반주에 맞춰 부르곤 했다. 주로 송창식, 윤형주, 김세환, 박인희, 양희은 같은 통기타 가수들의 노래였다.

특히 별향은 남태평양 마오리족의 민요 〈Pokarekare Ana〉를 번안한 〈연가〉를 잘 불렀는데, 단순하면서도 감미로운 가사와 선율이 좋았다. 사랑의 감정을, 특히 찰랑거리는 첫사랑의 감정을 그렇게 잘 표현한 노래도 없다고 생각했다. 노래가 회의적이지 않고 음울하지 않아 좋았다. 파란 남태평양의 물빛, 파란 남태평양의 하늘빛 그대로였다.

별향의 아버지는 운수업을 했는데 여가로 기타를 잘 다루었다. 그 집 분위기가 그랬다.

유월 셋째 주 금요일 2교시. 계단강의실 창밖으로는 신록이 푸르렀다. 그와 함께 새들의 소리도 싱그럽게 들려왔다. 사진학 시간이었지만 강의 내용이 건성건성 잘 들어오지 않았다. 나는 별향의 모습을 떠올리며 노트에 별향의 이름을 깨알같이 적었다. 노트가 까맣게 되도록 쓴 후 그 위에 또 썼다. 일종의 사자의 혼을 불러내는 주술 행위 같은 것이었다.

 고교 때는 영어 단어에 중독되어 휴식 시간이면 콘사이스 사전을 외우곤 했었는데, 사실 수업과 수업 사이의 짧은 자투리 시간에는 화장실 다녀와 영어 단어 외우는 일 외에 딱히 할 만한 공부가 없었다. 그처럼 천자문을 외듯 사물을 암송할 때 나는 사물과 하나가 되는 것이라 생각했다.

 세상의 모든 사물은 내 안으로 열린 문이었고, 나의 밖으로 뻗은 길이었다. 별향의 이름을 쓰고 또 쓰는 것은 내 안의 어딘가에 자리 잡고 있을 궁극을 향해 달려가는 것과 같았다.

 계단강의실 강단 좌측으로는 출입문이 나 있었는데 열린 문으로 사람의 모습이 어른거리는 것 같았다. 고개를 들어 찬찬히 출입문을 살피려니 뜻밖에도 별향이었다. 별향이가 기웃거리며 강의실 안을 살피고 있는 것이었다. 별향이와 눈이 마주치던 순간 얼마나 가슴이 뛰던지, 정말 숨이 멎는 줄만 알았다. 강의 도중이었지만 에라 모르겠다 싶어 나는 가방을 챙겨 일어섰다. 강의는 잠시 중단되었고 많은 학생들의 시선이 등 뒤로 따갑게 쏠리는 것을 느끼며 강의실 문을 빠져나왔다.

"별향아, 어떻게 된 일이야?"

"보고 싶어서…."

"나야 이렇게 보고 싶은 사람이 제 발로 찾아 주어 백번 고맙긴 하지만, 바빠야 할 재수생이 한가하게 남의 학교나 찾아다니고 그래도 되는 거야?"

나는 은근히 놀리듯 별향이를 향해 말을 건넸다.

"아이, 너무 그러지 마세요…."

부끄러운 듯 웃으며 별향은 짧게 대답을 했다.

"쉿, 조용 조용…. 지금 강의 시간 중이야. 기왕에 우리 학교까지 왔으니 실기실이나 구경할까?"

"아, 그거 좋겠네요. 그러잖아도 오빠 그림이 궁금했었는데…."

우리는 서둘러 계단강의실 복도를 빠져나와 본관 2층에 있는 3학년 서양화과와 동양화 실기실 쪽으로 향했다.

"학교 건물이 좀 남루하지? 협소하고…. 본래 이 건물이 수의과 대학 건물이었대. 몇 년 전까지만 해도 미술대학은 길 건너편에 있는 법대 건물을 빌려 사용했었는데 수의대가 수원으로 이사를 하면서 우리 대학이 이리로 이사를 온 거지. 본래 미술대학의 특성에 맞게 설계된 건물이 아니기에 실기실이 협소하고 부대시설도 아주 불편해…. 저것 봐, 어떤 학생들은 복도에 나와 그림을 그리고 있잖아…."

먼저 서양화과 3학년 실기실에 들어서자, 느끼한 린시드유 냄새와 함께 솔숲에 들어선 듯 짙은 테레핀 향이 코를 찔렀다. 영감을 자극할 듯한 강한 냄새였다. 요즘 누드 실기 강의 중인가 보다. 각종 포즈를 취한 여인의 모습들이 캔버스 위에 그려져 있다. 누워 있는 여인, 고개 숙여 앉은 여인, 허리가 꺾일 듯 상체를 뒤로 젖힌 여인….

"어떠한 피사체보다도 인물에게서 강한 몰입을 경험할 수 있고 특히 벗은 인물을 통해 몰입이 고조에 이르는 것 같아…. 2학년이 되어 처음 누드 실기 할 때는 좀 멋쩍더라고…."

나는 아직 완성되지 않은 전신 누드상 앞에 서서 다소 멋쩍은 듯한 표정을 지으며 안내를 계속했다.

"어떤 남학생은 수업이 시작되자마자 아예 강의실 밖으로 나가 들어오질 않는가 하면, 까닭 없이 헛기침이 나오고 마침내는 이젤이 꽈당하고 넘어가기도 했지. 무엇보다 벌거벗은 망측한 모습을 남학생과 여학생이 동시에, 그것도 매우 진지하게 관찰해야 한다는 중압감이 한편으론 우습기도 하고 한편으론 우리를 힘들게 하더군. 하하하…."

한편 실기실 한쪽에서는 사진학 강의에 들어가지 않은 남학생이 혼자 남아 실기에 열중하고 있었다.
이번엔 바로 옆 방인 3학년 동양화 전공 실기실로 들어섰다. 그림의 세계는 냄새라고 하는 관문을 통해야만 접근이 가능한 것인지, 이번에는 깊고 은은한 묵향과 더불어 화선지의 고담한 냄새가 코끝으로 전해 왔다. 실기실엔 아무도 없었다. 크고 작은 화판들이 이젤에 올려져 있었고 주로 풍경과 인물, 간혹 동물들을 소재로 한 습작들이 그려져 있었다.

올해엔 회화과 정원 스물다섯 명 중 아홉 명만이 동양화를 전공으로 선택했다. 지난해보다 한 명이 줄어든 숫자다. 세상의 추세와 흐름이 그러니 자연스레 그림 분야도 어쩔 수 없는 것 같다. 물이 낮은 곳으로 흐르듯 예술 문화도 편리한 곳으로 흐르게 되어 있으니까….

"별향아, 묵화를 하기가 여간 어렵지 않구나…. 우선 '묵화란 생각대로 그려지지 않는 그림이다'라고 말하고 싶을 정도야. 이상하게 평소 그림 솜씨 좋다고 자만하던 사람들도 지필묵만 쥐여 주면 무능하게 주저앉고 말지."

나는 마치 신이라도 들린 사람처럼 별향 앞에서 열변을 토했다.

"사람들은 불편한 화구에 당황하곤 하지. 불필요하리

만치 뾰족한 모필하며, 불필요하리만치 수분을 강하게 흡수하는 화선지와 깊이를 가늠할 수 없는 묵빛…."

"맞아요, 국민학교 다닐 때 서예 시간에 옆자리에 앉은 남학생은 붓끝을 가위로 뭉툭하게 잘라 글을 쓰기도 하고 그랬죠."

"동양화의 화구가 지닌 불확정성의 특성을 필연성으로 바꿀 수 있어야만 해. 우연을 필연으로 만들고 회의를 믿음으로 바꿀 수 있어야만 해. 그래야 자신만의 그림을 그릴 수 있게 되지. 그러기 위해서는 고도의 수련과 오랜 연마가 필요하다고 봐. 필연을 필연으로 대치하는 것은 발효의 과정이 탈락된 더하기 빼기식의 산술적 행위지 예술이 아니야."

나는 잠시 숨을 고른 후 다시 이야기를 하기 시작했다.

"그 단순노동과 같은 산술적 변환의 되풀이가 지겨워 서양 사람들은 짐짓 추상이라고 하는 그들로서는 변이적 양식의 그림을 개발했지…. 그것도 부족해 요즘 와서는 부수기도 하고 찢기도 하고 나아가 자학적 행위를 마다하지 않는 거야. 모두 서구미술이 지닌 태생적 한계를 보여 주는 것이 아니겠어?"

나는 잠시 숨을 고른 후 나름의 화론을 계속해서 들려주었다.

"그들의 미술이 코스모스로부터 출발해 카오스에 이르는 길을 밟는다면 동양미술은 불확정성의 카오스로부터 시작해 해가 돋고 별이 뜨는 코스모스에 이르는 길을 취하는 것이라고 생각해. 아무튼, 걷는 길은 힘들어야 할 필요성이 있어. 그것이 예술의 깊이고 삶의 깊이이기도 하지. 동양화가 매력적인 까닭은 그 과정과 방법이 녹록지 않고 어렵기 때문이야. 흔한 얘기로, 젊었을 때의 고생은 사서라도 하라고 그러잖아. 훗날 이르게 되는 큰 깨달음을 위해서지.

예술이란 최종 영혼의 자유로움을 위해서지, 위아래 좌우 전후… 걸림이 없어야 해. 서양화가 공간으로부터의 자유를 추구한다면 묵화는 시간으로부터의 자유를 추구한다고 할 수 있지. 감옥의 벽을 파괴하고 탈옥을 하는 것이 아니라 묵화는 감옥의 천장을 뚫어 탈출하는 거야…. 초월 의지를 보이는 게 묵화의 운필 행위야."

나는 갓 동양화를 택한 학생으로서의 어설픈 화론을 장황하게 늘어놓고서는 별향에게 교내 미전에 출품할 산수도와 인물화를 보여 주었다.

"별향아, 어때…. 이 인물화는 누군가를 닮은 것 같지 않아?"

"글쎄요…. 혹시… 나 아녜요?"

고개를 잠시 갸웃거리더니 별향이가 미소를 띤 채 대답하였다.

"맞아, 별향이의 모습을 떠올리며 그리느라 고생 좀 했지. 실제로 모델이 되어 주었더라면 훨씬 더 별향이의 아름다운 모습과 가깝게 그릴 수 있었을 텐데…."

하며 나는 아쉬움을 토로했다.

오늘 남은 강의 시간들은 모두 제칠 생각이다. 우리는 실기실을 나와 캠퍼스 한 모퉁이에 자리하고 있는 카페 'Villa d'art'에 들렀다. '빌라다르'가 생기기 전까지는 휴강이 있거나 시간이 날 때면 미대생들은 주로 교문 밖 별나라화방 2층에 있는 낙산 다방에서 시간을 보내곤 했다. 미대 캠퍼스 내에 'Villa d'art'가 생기고 나서부터는 인근 문리대라든가 의대, 법대생들과 같은 외부 학생들의 출입도 심심치 않게 이어졌는데 시외버스 대합실 같은 대학로의 낙산이라든가 학림다방과는 좀 다른 분위기 때문이었다.

카페 창가에 놓인 화분엔 오늘따라 붉은 제비동자꽃이 빛을 받아 더욱 아름답게 보였다. 밤하늘에 쏘아 올린 찬란한 불꽃과 같았다.

"별향아, 요즘 공부 잘돼?"

나는 콜라 잔을 기울이며 얘기를 건넸다. '싸르르르….' 어두운 밤 세상의 모든 별이 포말을 일으키며 콜라 잔 속으로 투신하는 것만 같았다. 별들의 아우성, 최후의 통첩과 같은 이 맛, 장렬한 청량감 같은 것을 느낄 것 같았다.

"아니요, 잘되지 않으니까 이렇게 찾아왔죠."

우리는 다시 자리에서 일어났다. 창덕궁에 가기로 했다. 오월이라 교문 밖 마로니에 가로수 잎들이 청록빛으로 싱그럽다. 도로 건너편에는 폭 좁은 개천이 흐르고, 문리대생들은 교문 앞에 놓인 돌다리를 시인 아포리네르가 화가 마리 로랑상과 사랑을 나누며 건넜을 센강의 미라보 다리라 부른다. 거리를 오가는 사람들의 모습은 오늘따라 유달리 선하게만 보인다.

서울의 모든 건물은 우리를 위하여 특별히 주문 제작하여 세워 놓은 세트와 같았고, 곁을 지나는 자동차들의 소음도 오늘만은 영화의 BGM처럼 적절했다.

7
첫 번째 데이트

평일이라 오후 시간이지만 창덕궁 후원에는 사람들이 없어 아침처럼 적요하였다. 다만 한 무리의 외국인 관광객들이 인정전 앞에서 안내원의 설명을 듣고 있을 뿐이었다.

금천교를 지나 후원엘 들어서려니 갑자기 깊은 자연 속에 들어선 기분이었다. 서울 한복판에 어떻게 이와 같은 곳이 있을 수 있을까? 믿기지 않을 정도였다. 선계가 따로 없다고 생각했다. 백 미터 이상 곧게 뻗은 길이 없어 보였다. 조금만 걸어도 자신의 모습이 비밀스럽게 감춰지는 것 같았다. 이런 곳에서 조선 왕실 사람들은 생활했을 것이다.

울창한 숲길을 걸으며 창덕궁 후원을 왜 비원이니 시크릿 가든이니 부르는지를 알 것 같았다. 후원은 그처럼 깊고 깊어 보였다. 그리고 자연스러웠다. 비록 사람의 필요에 따라 조성된 정원이긴 하지만 전혀 작위적이질 않아 보였다. 같은 동아시아권역에 자리하고 있으면서도 중국과 일본의 인공적인 정원과는 확연히 다른 조경이었다. 중국의 덧붙이기식의 자연이라든가 일본의 가지치기식의 자연과는 다른 우리만의 천의무봉식 신비에 가까운 자연주의였다.

저만치 여인이 구중궁궐 같은 치마를 걷어 올린 채 물속에 두 발을 담그고 있는 듯한 애련정이 눈에 들어왔다. 우리는 애련지 연못가에 앉았다. 별향과 함께 건너편 풍경을 바라보는 기분이 좋았다. 나무들이 울창한 탓인지 공기가 깨끗하게 느껴졌다. 이야기가 끊길 때마다 별향의 검은 생머리에서는 어렸을 적 즐겨 먹던 센베이(전병) 과자의 김 부스러기처럼 쌉쌀하고 아련한 냄새가 추억처럼 전해 왔다.

이러한 상태를 일러 텅 빈 충만이라고 해야 하나, 가슴은 기쁨으로 충만하여 중력을 잃은 채 민들레 홀씨처럼 허공을 부유하는 듯했다. 별향이도 그런 것 같았다. 무엇인가를 말할 듯 말할 듯하면서도 엷은 미소만을 띤 채 파랑이 이는 수면을 내려다볼 뿐이었다. 수면을 응시하는 별향의 프로필이 나의 가슴을 서늘케 했다.

그리고 숲속에서는 '수잇 수잇' 상서로운 조짐을 예감케 하는 이름 모를 새들의 울음이 명멸했다. 내가 먼저 말문을 열었다.

"별향아, 무슨 생각해?"

"무슨 생각이라뇨? 그저 물에 흔들리는 수초만 바라보고 있어요."

별향이가 웃으며 답했다. 진정 사랑하는 사람과 함께라면 어떠한 생각도 떠오를 수 없을 것 같다. 사랑의 감정이란 더할 것도 덜할 것도 없는 텅 빈 충만 그 자체이기에…. 가슴 가득한가 하면 오히려 가슴이 한없이 초라하고 가난하게 느껴지기도 한다. 진정 그게 사랑의 감정이 아닌가 한다.

사랑할 때 여자의 긴 침묵은 남자에게 극심한 무력감에 젖게 한다. 그 어찌할 수 없는 낭패감은 모두 남자의 무능에서 비롯된다는 생각 때문에서다.

"우리 내기나 한 가지 할까?"

"갑자기 무슨 내기…?"

"음, 누구네 학교가 유명 인사를 더 많이 배출했나 이름 잇기 내기….."

"하하…. 어린아이들처럼… 재밌겠네요."

"그럼, 내가 먼저 이름을 대 볼게. 시인 정지용!"

"어머, 정지용 씨가 휘문고등학교 나왔어요? 그분의 「향수」라는 시를 아주 좋아하는데…. 비록 고향이 시골은 아니지만 넓은 벌 동쪽 실개천… 질화로, 밤바람 소리, 따뜻한 농촌 마을의 정경이 손에 잡힐 듯 그려져요. 그러면 우리는 유관순…."

"우리는 소설가 김유정."

"수필가 전숙희."

"시인 김영랑, 김영랑의 「모란」을 읽노라면 낙화의 적막감이랄까? 세상에서 가장 낮은 저음을 들을 수 있을 것만 같아…."

"김활란 박사."

"소설가 이태준…. 『무서록』을 쓴 작가 있지."

그러자 갑자기 별향은 더 이상 이름을 잇지 못하고 머뭇거리는 것이었다.

"음~ 다음에 누가 있을까? 많을 것 같은데 생각이 나지 않네요. 혹시 신지식이라는 사람을 아세요? 몇 년 전에 『감이 익을 무렵』이란 소설로 제1회 유네스코 문예상을 받았는데…. 『빨간머리 앤』을 최초로 우리말로 번역하기도 했죠."

"신지식? 거참 이름이 특이하네. 처음 들어 보는 이름인걸…. 하지만 적어도 교과서에 실릴 정도는 되어야 유명 인사라 할 수 있지 않을까? 미안하지만 신지식은 불합격!"

하면서 우리는 함께 웃음을 터뜨렸다.

이화여고로 말하자면 사실 휘문고등학교보다 유수한 명문 사학임에도 불구하고 막상 사회 활동을 활발히 한 유명 인사를 들추어내자니 마땅한 인물이 없는 것이다. 그 이유는 여학교의 특성상 우수한 학교를 졸업했다 하더라도 가정에 들어앉아 살림하기에 바쁜 시대적 상황 때문이었을 것이다. 그에 비해 휘문고등학교는 특히 문화 예술인 쪽으로 상당히 많은 인사를 배출하였다.

연못 건너편으로는 한 무리의 외국인들이 가이드의 인솔로 간결하면서도 화려한 애련정을 관람하는 모습이 눈에 들어왔다. 우리도 자리에서 일어나 관람객들과 합류하기 위해 연못가로 난 오솔길을 따라 애련정으로 향했다. 걸으면서 별향이가 말을 이었다.

"오빠, 실은 제가 말이지요. 학교 다닐 때는 잘나가던 우리 학교 유명 인사였어요."

"유명 인사? 글쎄, 교복 입은 학생이 뭘 어떻게 유명했었다는 걸까, 혹시 연극반 활동이라도 했었나? 오필리어 아니면 줄리엣 역이라도 맡았었는가 보지?"

"아이, 그런 게 아니고…. 우리 학교에 '거울'이라고 하는 학교 신문이 있거든요. 제가 바로 그 '거울'지 기자였다니까요. 남학교 취재를 들어가면 인기가 정말 그만이었어요. 교문에 들어서면 남학생들이 소리를 지르면서 난리였어요. 얼마나 부끄럽던지, 특히 인근 S고등학교 학생들 사이에서는 인기가 그만이었지요. 호호호…. 남학교 취재는 죽어도 못하겠다고 했더니 편집하는 선배 언니들이 아무래도 별향이가 남학교 취재를 맡아야 인터뷰가 잘 풀릴 것 같다면서 강제로 떠맡기는 거였어요. 그 후론 남학교 취재는 으레 나의 몫이 되어 버렸지요…."

얘기를 듣고 나니 엉뚱하게도 별향이를 S고 남학생들한테 뺏길 뻔한 기분이 드는 건 어인 일인지. 아무리 학교 다닐 때의 일이라지만 마치 현재 일만 같이 여겨졌다. 여자의 과거란 지나가 버린 시간이 아닌 현재 시간의 역주행이기에….

 그나저나 가뜩이나 여자 욕심이 많은 창수에게 별향이를 뺏기지 않은 것이 천만다행이었다. 화실 다닐 때처럼 창수가 별향이를 내가 사귀겠다고 먼저 찍어 버리면 나는 어쩔 수 없이 친구 간 의리를 지키느라 예수처럼 '내 탓이오'를 읊조리면서 가슴을 연타한다거나 부처처럼 자비로운 모습을 견지하게 될 것이고…. 아무튼 생각만 해도 끔찍한 일이다. 창수가 적절한 시기에 군에 잘 갔다고 생각했다.

 굳이 별향이가 자기네 학교 자랑을 하지 않더라도 이화여고 하면 남학생들 사이에서는 인기가 그만이었다.

 반면, 인근의 공부벌레로 정평이 나 있는 K여고 하면 솔직히 떠오르는 이미지는 철갑상어라고나 할까? 독일어의 중성명사 내지는 무생물 집단 같은 인상을 주어 접근 자체가 꺼려졌었고, 나아가 노파심마저 드는 것은 그 학교 학생들은 졸업 후 도대체 무엇을 하며 살아갈까, 안방에서 잘까 건넌방에서 잘까 등 여러 가지 잡다한 일들이 궁금하기도 했었다. 그 외에도 과연 그녀들은 사람들 체온 사이에서 반응하는 살가운 행복감이 무엇인지를 알고나 지낼까? 등등…. 별것들이 다 궁금하고 걱정되었었다.

하지만 대학엘 입학한 후 K여고 출신들을 개인적으로 알고 난 후에야 그들에게도 혈액형이 있고 사단칠정이 있고 남학생들의 가슴을 흔들 만한 여성적 매력이 있다는 사실을 알았다. 그동안 나의 무지와 철없음을 통절히 뉘우칠 뿐.

고등학교 1학년 때였다. 동대문에 있는 서울운동장에서 47회 전국체전행사가 있었는데, 언제나 그렇듯 폐막식 행사는 합창단이 부르는 〈올드랭쟈인〉에 맞추어 선수들이 퇴장하는 것으로 끝을 맺었다.

그해 처음으로 서울운동장에 밤에도 축구 경기를 할 수 있으리만큼 밝은 라이트가 점등되었고, 그를 기념하기 위해 박정희 대통령이 무개차를 타고 손을 흔들며 트랙을 한 바퀴 돌던 모습이 기억난다. 육각형인 대통령의 강인해 보이는 얼굴을 멀리서도 뚜렷이 식별할 수 있으리만큼 조명은 밝았다. 우리들은 대통령을 향해 두 손을 흔들며 환호했다. 밝은 조명 빛을 받아 모두들 기분이 상기되어 있었다. 밤에도 축구 경기를 할 수 있다니, 마치 우리나라가 선진국 대열에라도 진입한 것 같은 자랑스러운 기분이 들었다. 이제 운동장에 인조잔디가 깔리려면 앞으로 또 몇 년이나 더 기다려야 할까?

폐회식 때 〈올드랭쟈인〉을 우리 학교와 용산의 D여고가 함께 불렀다. 당초엔 이화여고와 같이 부르는 것으로 되어 있었는데 곧 계획이 변경되어 S여고와 같이 부르게 되었다 하여 얼마나 많이들 실망했었는지. 다들 합창 집어치우자고 아우성들이었다.

8
마음과 마음을 잇다

애련정으로 가려던 계획을 바꾸어 우리는 발길을 돌려 더 조용한 곳으로 가기로 했다. 아무래도 보통의 무리와 어울리기에는 특별한 별향과 나 그리고 특별한 우리들의 시간이 너무나 소중했다. 우리에게는 무엇보다 사랑이 가장 안전하게 보호받을 수 있는 곳이 필요했다. 우리는 약속이라도 한 듯 자연스레 숲이 울창한 곳으로 발길을 옮겼다. 숲에는 소나무를 비롯하여 참나무라든가 단풍나무 그리고 간간이 버즘나무도 눈에 띄었다.

당시 나는 소설에 대하여 관심이 많은 터였는데 읽고 있던 책들은 주로 헤르만 헤세의 작품들이었다. 『데미안』과 『지성과 사랑』, 『수레바퀴 밑에서』, 『크눌프』, 『페터 카멘진트』에 이어 그즈음엔 『싣달타』를 읽는 중이었다.

『싣달타』는 정음사에서 간행한 표지가 노란 문고판 서적이었다. 표지 중심부에 '싣달타'라고 굵은 글씨로 제목을 배치했고 그 아래로는 '印度의 詩'라는 부제가 한자로 인쇄되어 있었다. 제목 위로는 산 위로 구름이 흘러가는 풍경화가 그려져 있었다. 단순 소박한 솜씨로 보아 아마도 헤세가 손수 그린 수채화인 것 같았다.

그의 그림은 유랑의 무리를 바라보듯 아주 낭만적으로 느껴졌다. 문학성과 회화성 사이에 어떤 상관관계가 있는지 예부터 글 쓰는 작가들이 직접 붓을 들어 그림을 그리는 경우를 흔히 볼 수가 있는데, 서정적 풍경화를 즐겨 그린 근대의 모란 시인 김영랑이라든가 정지용 시인이 그렇고 현대의 조병화, 마광수, 이외수 문인들의 미술 활동이 그렇다. 그들은 움직이지 않는 정적인 사물보다는 헤세처럼 흘러가는 풍경을 즐겨 그리곤 했다.

문인들이라 그런가, 그들의 그림은 일반 화가들의 작품에 비해 감정이 넘치는 낭만적인 특성을 지니고 있다. 취미 이상의 전문적 수준의 활동으로 보아 글을 쓰다 언어도단에 이르면 그림으로서 활로를 찾으려 한 것은 아니었을지…. 하긴 문인 취향의 그림을 일러 '시즉화 화즉시(詩卽畵 畵卽詩)'란 말이 있기도 하다.

『신달타』는 김준섭 씨의 번역인데 어떤 번역서보다도 원문의 리듬을 제대로 살리고 있다는 나름대로의 판단이다. 문장이 내 호흡의 들숨 날숨과 일치되어 에너지 낭비 없이 읽기에 편했다.

가뜩이나 방랑 기질이 강한 나의 영혼을 어루만져 줄 듯한 문장과 운율이 너무나 좋아 아예 주일학교의 교리 문답을 외우듯, 또는 『페이터의 산문』을 외우듯 그렇게 책 한 권을 모두 외울 작정이었다. 그러나 당초의 포부와는 달리 10페이지를 넘기지 못하고 중도에 하차하고 말았다. 힘이 들어서….

"별향아."

"네?"

"헤세 좋아해?"

"아, 헤세요. 좋아해요. 얼마 전엔 『유리알 유희』를 읽었어요. 그리고 소설에 나오는 「단계」란 시는 너무나 좋아 지금도 외울 수 있고요."

그러면서 별향은 요청도 하지 않았는데 문득 걸음을 멈춰 서서는 낭랑한 음성으로 시를 암송하기 시작했다. 숲 사이를 비집고 들어온 파란 하늘엔 헤세의 흰 구름이 엷게 흘러가고 있었다.

"모든 꽃이 시들듯이
청춘이 나이에 굴하듯이
일생의 시기와 지혜와 덕망도
그때그때에 꽃이 피는 것이며
영원히 계속될 수는 없다.
생의 외침을 들을 때마다 마음은 용감히
새로이 다른 속박으로 들어가듯
우리는 이별과 재출발의 각오를 해야만 한다.
대개 무슨 일이나 처음에는 이상한 힘이 깃들어 있다.
그것이 우리를 지키며 사는 데 도움이 되는 것이다.

우리는 우주의 공간을 하나씩 명랑하게 거닐어야 한다.
어디에서나 고향에 대해서와 같은 집착을 느껴서는 안 된다.

우주의 정신은 우리를 구속하려 하지 않고
한 단씩 높여 주며 넓혀 주려 한다.
여행을 떠날 각오가 되어 있는 사람만이
모든 속박과 굴레에서 벗어날 수 있으리라
우리들 생활권 내에 뿌리를 박고 정답게 들어 살면
탄력을 잃기가 쉽다.

죽는 순간에도 우리를 새로운 공간으로
돌려보내어 젊게 꽃피워 줄는지도 모른다.
우리를 부르는 생의 외침은 결코 그치는 일이 없으리라.
그러면 좋아 마음이여, 작별을 고하고 편히 있으라."

"와! 별향아… 대단해, 멋있어…. 그동안 별향이를 내게 보내 준 보이지 않는 손이 무엇일까 몹시 궁금했었는데, 이제야 알 것 같네. 바로 '헤세'였구나!"

기쁜 마음에 하마터면 나는 별향이를 두 팔로 힘차게 감싸 안을 뻔했다.

"우주의 공간을 하나씩 명랑하게 거닐어야 한다라든

가, 우주의 정신은 우리를 속박하려 하지 않고 한 단씩 높여 주며 넓혀 주려 한다는 대목에 이르러서는 평소 내 생각과 너무나 같아 듣는 순간 전율이 이는 것 같았어…."

잠시 벅차오르는 가슴을 가라앉힌 후,

"그럼 나도 가만히 있을 수 없지. 자, 별향 씨… 나는 「단계」의 답례로 『싣달타』를 들려 드리겠습니다."

하고선 곧 『싣달타』의 첫 페이지를 암송하기 시작했다.

"젊은 매 싣달타는 파라문의 어여쁜 아들로,
집 그늘에서, 매상이 뜬 강 언덕 양지짝에서,
사라수 그늘에서, 무화과나무 그늘에서,
같은 파라문의 아들인 그의 벗 고-빈다와 함께 자랐다.
강 언덕에 서 있을 때, 목욕할 때, 거룩한 세례를 받으려고
몸을 씻을 때, 신성한 제사를 지낼 때
학자인 아버지의 교훈을 들을 때,

혼은 그의 검은 눈동자로 흘러들었다.
어느덧 싣달타는 현인들 사이에 끼어 함께 담화하였으며
고-빈다와 더불어 논쟁의 연습을 하였으며
명상의 법과 심사의 업을 닦았다.
싣달타는 이미 말 중의 말, '옴'을 소리 없이
말할 줄 알아, 통일된 혼, 명철한 정신이 번득이는
이마로 입김과 함께 '옴'이라는 말을 소리 없이
들여 쉬며 입김과 함께 그 말을 소리 없이 내어
쉴 줄 알았다…. 휴~ 자, 여기까지만….”

나의 암송이 끝나자 별향이가 박수를 치며 말했다.

"오빠도 대단해요. 그러잖아도 언젠가는 『싣달타』를 꼭 읽어야겠다고 마음먹고 있었는데 오늘 들어 보니 시가 너무 좋네요. 정말 오빠 말마따나 헤세가 우리를 함께 묶었는가 봐요."

박수와 함께 상기된 얼굴로 별향이 말했다. 오월의 햇살을 받아 후원의 숲은 싱그러웠다. 숲 사이로 햇살에 반짝이는 애련지와 애련정이 아련히 눈에 들어왔다.

"그런데 '옴'이 뭘까요? 짐작은 할 것 같은데…."

"음, '옴'은 말이지. 불교에서 태초의 소리라는 건데…. 우주의 모든 진동을 응축한 기본음이랄까. 그러니까 우주에 널리 퍼져 있는 물질과 정신의 근본이 되는 기운이라고 할 수 있겠네. 별향이도 마음이 산란하고 공부가 되지 않을 땐 '옴'을 불러 모아 정진해. 그러면 아마도 내년엔 가고 싶은 대학 어디든 틀림없이 다 갈 수 있을 거야…. 재수는 필수라니까 어쩔 수 없고 최소한 삼수는 하지 말아야지. 하하하…."

"오빠, 정말 그렇게 될 수 있을까요?"

"물론이지, 그렇게 될 수 있어…. 그러지 않아도 마침 가방 속에 『싣달타』를 가지고 다니거든. 선물로 줄 테니까 진언문이라 생각하고 마음이 힘들 때면 한 줄씩, 한 줄씩 손으로 짚어 가며 읊어 봐. 그러면 우주의 선한 기운이 별향이를 에워싸고 수호할 거야."

마음과 마음을 시로 연결할 수 있다니, 이 이상 가는 소통 방법이 있을까? 평소보다 한 옥타브 높은 곳에서 시간이 흘러가는 듯했다.

걷다 보니 더 이상 길은 끊기고 상수리나무 우거진 숲이 나타났다. 숲 사이론 맑은 여울물이 흘러가고 있었다. 우리는 자리를 정한 후 무너질 듯 하늘을 올려다보며 누웠다. 바깥세상과는 달리 숲속엔 내상을 앓는 나뭇잎들의 또 다른 깊은 향기가 있었다.

별향이와 함께 물가에 누워 하늘을 우러르는 시간이 좋았다. 우심방으론 별향이의 속삭이는 소리, 좌심방으론 물 흐르는 소리….

"오빠, 지금 어디 적막한 사원에라도 들어와 있는 것 같아요."

"맞아…. 가슴이 하늘 끝과 맞닿아 있는 것 같기도 하고…."

9
두 어머니와 푸른 응시

창덕궁 후원을 나온 별향이와 나는 돌아오는 일요일 오후 2시에 교내 미전이 열리고 있는 경복궁 현대미술관 앞에서 만나기로 하고 헤어졌다.

나는 교내전에 산수화와 미인도를 출품했다. 특히 P 교수의 산수화법과 N 교수의 인물화법을 주로 따랐다. P 교수 특유의 치밀한 구도와 엄정한 준찰(皴擦) 그리고 중봉(中鋒)을 중시하는 N 교수의 필법과 묵법이 동양화 입문에 큰 도움이 되고 있다고 생각했다.

그에 반해 정공법이 아닌 편법을 구사하면서 마치 그 편법을 대단한 파격인 양 기초 실기를 연마해야 할 철없는 학생들을 상대로 기만하는 듯한 S 교수의 화법과는 거리를 멀리했다. 그런 류의 교수일수록 학생들을 위해 붓을 드는 모습을 본 적이 없다.

'서울대학교 미술대학 작품 발표회, 기간 6월 15일부터 22일까지. 장소 경복궁 국립현대미술관' 교내전을 알리는 공지가 서울의 중심, 광화문 네거리를 가로지르는 상설 대형 아치에 내걸렸다. 아치는 주로 수출 100억 달러 목표 달성 기념행사라든가 전국 체전 및 독일의 뤼브케 대통령, 미국의 존슨 대통령, 에티오피아의 하일레 세라시에 황제 등 외국 국가 원수의 방문을 알릴 때 활용되곤 했었다.

약속 시간에 맞춰 나는 일요일 오후 2시에 전시회가 열리고 있는 경복궁으로 갔다. 하지만 예정에도 없던 어머니와 함께였다. 별향에게는 알리지 않은 일이었다.

언제나 그렇듯 나의 삶에 있어 어머니의 역할은 아버지에 비해 참으로 다양했다. 때로는 부정의 타깃으로, 때로는 긍정적인 동반자 관계로 매양 그렇게 나의 가까운 곳에 있었다. 어머니는 집의 안과 밖 사이에 위치한 긍정과 부정의 대문에 기대어 집 밖으로 멀어져 가는 나를, 집을 향하여 돌아오는 나를 바라보고 있었다.

오늘 이렇게 어머니를 모시고 나간 것은 그동안 나의 대학 생활에 대한 자문이자 무엇보다 별향이와의 관계를 심화시키기 위한 전략적 차원에서의 이벤트였다. 내가 사랑하는 사람이라는 것을 주변 사람들로부터 서서히 좀 더 폭넓게 공인받기 위해서였다. 별향이는 정말 모를 것이었다. 내가 어머니와 함께 전시장에 나타난다고 하는 사실을. 나는 나의 음모가 너무나 즐거웠다.

미술관 앞 키 큰 소나무 아래 벤치에 앉아 기다리려니 별향이가 저만치 오는 것이 보였다. 그런데, 뜻밖에도 혼자가 아니라 그녀의 어머니와 함께 오는 것이었다.

"여기~ 별향아, 여기야 여기. 아, 어머니 안녕하세요? 어머니도 오셨네요?"

나도 놀랐지만, 별향이 역시 당황해하는 눈치였다. 그도 그럴 것이 우리 어머니도 같이 나오리라곤 생각을 못 했을 테니까. 천생의 연분이 아닌 다음에야 어떻게 이렇게 생각이 같을 수가 있을까?

"저희 어머니예요. 어머니 인사 나누시죠. 동철이 어머니예요. 그리고 이쪽은 동철이 동생 별향이구요…."

순간 나는 누구부터 소개를 어떻게 해야 할지 잠시 망설였다. 어머니에게 별향이를 먼저 인사시켜야 할지, 아니면 별향이 어머니를 먼저 소개해야 할지.

"안녕하세요. 그러잖아도 우리 아이로부터 동철네 집안에 관하여 이야기를 자주 듣고 있었습니다. 이렇게 전시장까지 찾아 주시니 너무나 감사합니다."

어머니가 정중히 허리를 굽혀 별향이 어머니에게 인사를 건넸다.

"아유, 저도 반갑습니다. 윤복이가 동철이하고 친하고 우리 별향이에게도 친동생 이상으로 잘 대해 주어 항상 윤복이는 우리 집 식구라는 생각을 하고 있지요."

어머니들은 평소 달변으로 일관하던 집에서와는 달리 생각보다 어색하게 대화를 나누었다.

"그리고 별향아, 인사드려. 우리 어머니셔…."

"안녕하세요…."

별향이가 몹시 수줍은 듯 어머니에게 인사를 건넸다. 언제나 보아도 별향이의 표정에는 6월 초하의 숲처럼 싱그런 정감이 넘쳐 보였다.

"반갑네…. 재수를 하고 있다지? 마음 굳게 먹고 열심히 공부해요. 이제 날씨가 더워져 공부하기도 어려울 텐데…."

분위기가 아주 미묘했다. 예정에 없던 돌발 상황이라 더욱 그랬다. 결혼 전 부모 상견례를 하는 자리도 아니고…. 아무튼 둘이 다닐 때의 청빈하게 느껴지던 분위기와는 달리, 양측 어머니를 대동하고 행동하는 우리가 그렇게 자랑스럽고 풍요로워 보일 수 없었다. 대견하기까지 했다.

네 사람이 같이 행동하다가도 때로는 식구끼리, 때로는 별향과 내가 함께 전시장을 돌아보았다. 나는 산수화

한 점과 미인도 한 점을 출품했다. 흔히 산수화란 풍경화를 이름이고, 미인도란 여인을 소재로 한 인물화를 일컬음이다.

일행은 나의 작품 앞에 이르렀다. 먼저 나는 산수화 작품을 소개했다. 100호 크기의 그림으로서 가을날 설악의 공룡능선을 소재로 한 풍경화였다. 그러니까 전문용어로 추경산수화였다. 나는 나른한 느낌을 주는 남방계 산수보다는 평소 정수리로부터 벅찬 준열감(峻烈感)을 마구 쏟아붓는 북방계열의 산수화가 더 마음에 들었다.

그래서 평소 암산을 소재로 하여 습작을 많이 한 편이었다. 다행히 학교에는 현존하는 팔대가 중의 한 사람으로 명성이 자자한 N 선생과 그의 제자 P 선생이 있어 많은 도움이 되었다.

동양화는 모필을 이용하여 선(線)이라든가 준(皴) 또는 찰(擦) 따위를 구사함으로써 사물을 드러낸다. 그중 산수화에 활용되는 필획은 주로 준과 찰이다. 준과 찰을 다루는 법을 준법(皴法)이라 하는데, 그리고자 하는 산세에 따라 알맞은 준법을 선택하여 그리게 된다. 설악산처럼 골격이 날카롭게 드러나 보이는 산수의 표현에는 절대준(折帶皴)이라든가 도끼 자국을 내는 듯한 소부벽(小斧劈), 대부벽(大斧劈)의 힘차고 웅혼한 준법을 주로 구사한다. 그에 비해 토산 위주의 남방계 산수에는 하엽준(荷葉皴)이라든가 피마준(披麻皴)같이 풀어질 듯한 준법을 사용하곤 한다.

산수화 옆에는 50호 크기의 미인도가 걸려 있다. 우리는 미인도 앞으로 발걸음을 옮겼다. 명제는 〈푸른 응시〉. 별향 어머니는 잠시 놀라워하는 눈빛으로,

"어머, 이 인물은 우리 별향이와 비슷하게 생겼네."

하시면서 웃음과 함께 나를 쳐다보는 것이었다.

"네, 맞아요. 어머니…."

나는 좀 쑥스러웠지만, 별향을 떠올리며 그린 그림이라고 말했다. 비록 한복을 입은 전통 미인도는 아니었지만 좌상으로서 군청빛 스커트에 흰 블라우스를 받쳐 입고 먼 곳을 관조하는 모습의 여인도였다. 될 수 있으면

N 선생의 화법을 최대한 따르려 했다.

산수도의 심산이라든가 미인도의 남정화백 그림에서는 정통 필법에서 오는 위엄과 화도의 한없는 깊이를 느낄 것 같다. 그러한 정통 필법을 숙련시킨 후에 오는 변형이야말로 진정한 파격이요 자유혼이라 말하고 싶다.

그러지 않고 멀쩡한 먹에 불순물이나 다름없는 아교액을 섞어 감상자의 시야를 어지럽히는 묵희는 덧없는 짓거리라 생각했다. 정통 필법에 대한 깊은 체험이 결여된 어떤 필법도 부평초 같은 어릿광대짓이라는 생각이었다. S 선생처럼 파격이라는 자유가 그렇게 호언장담만으로 녹록하게 얻어지는 것이 아니라는 생각이었다. 기초가 미흡한 변형에서는 왠지 객기와 같은 유치함을 떨칠 수가 없다. 재주라 해 봐야 잔나비의 외줄 타기와 같다고나 할까? 토할 것만 같은 메스꺼움을 느낄 것 같다.

특히 기초과정에 있는 대학실기에서는 교수가 학생들에게 변형된 운필을 가르치려 하기보다는 정통 필법에 대한 부단한 연마를 독려해야 할 것이다. 물론 본인도 솔선수범해 보일 수 있어야만 한다. 파격의 길이란 대학 졸업 후 각기 제 갈 길을 찾아 나설 때 숙명적으로 찾아드는 것이기 때문이다. 자기만의 길, 다시 말해 파격이란 화가가 태어날 때 자신의 핏속에 숙명적으로 지니고 태어나는 것이지, 후천적으로 교수가 어설프게 가르쳐 얻어질 수 있는 것은 아니라는 생각이다.

삶의 끝이 자유인 것처럼 그림의 끝 또한 자유다. 동양화의 자유는 사념적, 관념적 자유가 아닌 철저히 몸을 던져 방황한 후에 얻어지는 정신적 해방감, 구상적 자유다. 그러니까 작업실에서 두통을 앓듯 머리를 싸매어 얻어지는 자유가 아닌 육신과 정신의 가열찬 대화 끝에 얻어지는 초월의 경지랄까, 그런 경계에 이를 때 비로소 자유로운 필법도 얻을 수 있다는 생각이다. 그 대화를 끌어내기 위해 예부터 화가들은 방랑의 길을 떠나곤 했다.

엄격한 좌우대칭과 간결한 용모, 이는 내가 머릿속으로 그리고 있는 미인의 모습이다. 이번에 출품한 〈푸른 응시〉는 반듯한 이마와 활시위 같은 눈썹 그리고 시위를 떠나 먼 곳을 향하여 날고 있는 듯한 시선, 풀잎 같은 눈매와 입술 등이 아쉬운 대로 내가 설정해 놓은 미인도에 가깝게 그려졌다는 자평이다.

우리나라의 미인도 하면 현대의 남정 박노수 말고는

과거로 거슬러 올라가 조선조의 혜원 신윤복이 으뜸일 것이다. 흥미로운 것은 혜원의 미인도에서는 화가가 때로는 관음증 환자처럼 여인들의 나른한 생태에 관하여 지대한 호기심을 보이는데, 이는 마치 서양의 인상파 화가 드가의 여인들을 연상케도 한다.

모르긴 해도, 솔직한 얘기로 미인을 밝히는 남자들은 대체로 관음증 환자라 해도 그리 틀린 말은 아닐 것 같다. 하지만 내게 혜원의 미인도는 가을날의 구절초처럼 쓸쓸한 모습으로 다가오는 것 같다. 사나이의 신분만 아니라면 첫눈이 내릴 때까지 구절초 같은 미인도 앞에 앉아 술잔이라도 기울이고 싶다.

조선의 백자나 분청사기 또는 김홍도나 김석신 최북 등 수많은 화가가 남긴 그림을 보자면 대체로 수더분한 느낌을 주는 데 비해 그들과는 달리 유독 상서로운 빛을 내는 화가가 있다면 단연 혜원 신윤복일 것 같다. 여타 장인들과는 달리 그의 그림에선 대단한 총기가 느껴진다. 절제와 발산, 마치 가을날 구름과 안개가 걷히면서 홀연 모습을 드러내 보이는 달처럼 서기 가득한 아름다움을 느낄 것 같다. 특히 종전 수묵 위주의 그림과는 달리 붉은색 청색을 과감히 사용한 여인들의 복식을 보면, 훗날 이어지는 채색화의 시발이 되어 주고 있지 않나 하는 생각이 든다.

그런데 그런 천재 화가가 왜 도화서에서 쫓겨났을까? 물론 궁중의 도화서 화풍과는 거리가 먼 춘화에 가까울 정도의 여색도를 많이 그렸기 때문이라고는 하나, 추정컨대 자유분방한 그의 작품들로 보아 도화서라고 하는 상명하복의 조직 생활을 견디기 힘들어한 나머지 평소 모델이 되어 주었던 여인과 함께 한양 도성을 떠나 자연 속으로 잠적해 버린 것은 아니었을지. 천재 화가의 행적이 오리무중이라 사람들의 관심도 많고 또 그러하다 보니 온갖 상상을 동원하여 드라마나 소설의 소재로 삼기도 한다.

여자의 생태를 속속들이 관찰해 그림으로 표현할 수 있었다면, 아마도 그가 여자였기에 가능했을 것이라는 추측을 하는 이들도 있는 듯하다. 그러나 스케치에 능한 화가라면, 굳이 밖에 나가지 않아도 문을 걸어 잠근 채 여성들의 다양한 모습을 충분히 그려 낼 수 있다. 특히 카메라가 없던 시절에는 더욱 그랬을 것이다.

더구나 남성 중심의 사회에서 여류 인사로 기록된 바

가 없는 점을 보면, 윤복이 남자였음은 분명해 보인다. 그런 역사적 사실을 드라마나 소설의 흥미를 끌기 위해 왜곡한다면 혼란과 함께 큰 폐해를 불러올 수도 있을 것이다.

10
덕수궁 돌담길에서

 휴일이라 미술관 밖에는 고궁을 찾은 관람객들과 미전 관람객들로 많은 인파를 이루고 있었다. 미술관을 나와 두 분 어머니는 먼저 보내 드리고 별향과 나는 별향의 모교인 이화여고에 가기로 했다. 졸업생의 신분으로 다시 찾는 모교의 교정이 별향으로서는 감회가 새로울 것이다. 물론 처음으로 남녀 공학이 아닌 여학교 교정에 발을 딛게 될 나로서도 가슴 설레는 일이 아닐 수 없다.

 별향과 나는 시청 앞 대한문을 오른쪽으로 끼고 돌아 덕수궁 돌담길로 접어들었다. 얘기로만 듣던 돌담길이었다. 산만하고 번잡스러운 서울의 여느 거리와는 달리 차량 통행도 거의 없었고 분위기가 퍽 고즈넉하고 고풍스러웠다.

 양명한 혜화동 로터리와는 달리 덕수궁 돌담길은 왠지

한낮에도 달빛을 받는 것 같았다. 그러니까 울창한 은행나무 가로수 사이를 통과한 빛이 다시 한번 화강암 돌담에 여과되어 눈으로 전해지니 사람들이나 모든 사물의 모습이 한지를 투과한 빛처럼 부드럽고 은은해 보였다. 당시 서울을 대표하는 서정적 풍경 두 곳을 들라면 혜화동 로터리와 덕수궁 돌담길이라 말하고 싶다. 혜화동 로터리를 수채화풍이라 한다면 덕수궁 돌담길은 여백이 느껴지는 수묵풍의 풍경화라고 할 수 있을 것 같다.

처음 걸어 보는 돌담길이지만 그렇다고 해서 결코 낯설게 느껴지진 않았다. 시멘트나 철근이 아닌 돌이라고 하는 자연재로 축조된 담장이라 그런 것 같았다. 자연성은 우리를 낯설게 하지 않는다. 어떻게 보면 얼마 전 창덕궁 후원의 숲길을 산책할 때와 걷는 기분이 크게 다르지 않았다.

"별향아, 걷기 힘들지 않아?"

하는 한마디만으로도 사랑의 언어는 정치해지고 마음은 순수해지는 것 같았다. 별향에 대한 나의 한결같은 사랑이 화강암 돌담에 탁본처럼 잔잔하게 스며들어 투영

되는 것만 같았다.

모든 중력이 오늘만큼은 거꾸로 작용하는 듯했다. 땅을 디디며 걸어야 할 발이 하늘을 내딛는 기분이었다. 보행은 느리고 간결했으나 마음은 바빴다. 별향의 속삭일 듯한 낮은 소리에도 귀를 기울여야 했고, 내가 이야기해야 할 다음 내용도 구상하며 걸어야 했다. 그런가 하면 별향이가 차도 쪽으로 걷지 않도록 신경도 써야 했다.

데이트할 때 남자가 차도 쪽에서 걷고 여자가 안쪽에서 걷는다는 것. 당시 틈틈이 읽어 두었던 남녀 교제 에티켓 교본 첫 장에 실린 내용이다. 그만큼 별향과의 보행은 은근히 나를 긴장시켰다. 때로는 연인과의 보행 수칙을 철저히 지키려다 보니 별향이가 나에게 떠밀려 돌담에 몸을 가볍게 부딪는 불상사가 발생하기도 했다. 그럴 때면 나의 부주의가 몹시 당황스럽고 미안했다.

항간에 사랑하는 사람과 같이 덕수궁 돌담길을 걸으면 머지않아 곧 헤어지게 된다는 전설 같은 얘기가 있다. 덕수궁에 거처하던 고종의 승은을 받지 못한 궁녀의 한 서린 질투 때문이란 억지스러운 상상도 있고, 이혼을 위해 마지막으로 드나드는 가정법원이 골목길에 있기 때문이란 얘기도 있다.

 하지만 사랑하던 연인의 이별과 결혼 생활을 하던 부부의 이혼과는 남녀 관계의 성격이 전혀 다른 경우라 동일선상에 놓고 비유하기에는 적절치 않아 보였다. 최초 누구의 머리에서 나온 상상일지, 다 같이 근거 없는 판타지나 설득력 없는 추리가 지어낸 부질없는 얘기들이라고 본다.

 내 생각에 6, 70년대 젊은 연인들이 처음으로 사랑을 하게 되면 사랑의 진정성을 확인하기 위해 찾는 곳이 덕수궁 돌담길이었던 것 같다. '나는 당신과 함께 있을 때면 돌담길에 내려앉은 빛처럼 마음이 고요하고 흔들림이 없습니다.'

 더군다나 시청을 중심으로 하여 돌담길 근처에는 깨끗한 다방이나 연인들이 좋아할 만한 고급스럽고 멋진 카페들이 있어 약속 장소로 잡게 되기 때문이란 생각이다. 그러니까 첫사랑으로 마음이 한껏 설레는 날엔 시청 일대에서 만나서는 주로 가까운 덕수궁 돌담길을 걷게 된다는 얘기다. 혹시 훗날 나와 별향이와의 이별도 덕수궁 돌담길을 걸었기 때문은 아니었을지….

 도심 속의 덕수궁 돌담길은 데이트 장소로서 최고의

적지인 것 같았다. 사랑에 집중할 수 있도록 분위기가 고즈넉했다. 그렇다고 해서 인적이 아주 끊긴 곳은 아니었다. 가장 내밀한 종교적 언어로 상대방과 마음을 주고받을 수 있는 최적의 조건을 갖춘 곳은 아니었을지. 이래저래 덕수궁 돌담길은 첫사랑의 연인들을 유혹할 수 있는 매력을 두루 다 갖춘 데이트 코스였던 것 같다.

하지만 누구나 수긍하듯 첫사랑이란 90% 이상은 헤어지게 되어 있다. 이유 같지 않은 이유, 알 수 없는 불가사의한 이유 때문에서다. 그러니까 젊은 날 첫눈에 반한 연인에 대한 10 %정도의 정보를 바탕으로 하여 사랑을 고백하려니 시간이 지나면서 확률적으로 90%는 실패하게 되어 있는 것이다. 그러한 사실을 간과한 채 애써 첫사랑과의 이별의 원인을 애꿎은 덕수궁 돌담길 산책 탓으로 돌리는 것 같다. 덕수궁 돌담길을 산책한 연인들은 곧 헤어진다더라라는 전설 같은 이야기가 그래서 나온 것은 아닐지. 물론 다른 산책 코스를 걸었다 하더라도 첫사랑은 90%의 확률로 반드시 헤어졌을 것이다.

"별향아, 오늘 만남은 어떻게 그렇게 되었을까? 나만 우리 어머니와 함께 나오는 줄 알았는데…. 별향이도 어머니와 함께 나왔잖아. 하하하…. 이상하지?"

"글쎄 말이에요. 저도 무척 당황했어요. 근데, 어머님이 상당히 자상한 느낌을 주시네요."

"어머니가 욕심이 좀 많으시긴 하지만 내 주변 친구들에겐 항상 따뜻하게 잘 대해 주곤 하셔. 해방 전 어머님 연배에선 비교적 잘나가시던 편이었나 봐. 여고 땐 스케이트 선수로도 활약하셨고…. 문예반 활동도 왕성하셨고…. 침선공예에도 남다른 관심을 가지고 계셨고…. 해방 직후 서울로 내려와선 반도호텔에서 결혼식이 있을 때면 피아노 반주 아르바이트도 하셨다고 그러시네.

아무튼, 팔방미인이셨는데, 그런 점이 좋다가도 때로는 불편하더라고…. 사업을 하신다고 집을 자주 비우시니 가정생활에 소홀해질 수밖에 없고…. 그게 우리 4남매로서는 모두 불만이거든, 대부분 어머니들이 집안에 계시는데 말이야…."

별향이와 이런저런 이야기를 나누며 걷다 보니 어느새 우리는 이화여고 서문에 이르렀다. 교정엘 들어서니 역사가 오랜 학교답게 고풍스러운 건물들이 여기저기 눈에 띄었다. 우선 멀리 운동장 너머로 시간을 압축하여 켜켜이 쌓아 올린 듯한 2층 건물의 유관순 기념관이 눈에 들어왔다.

우리는 이화학당의 설립자인 선교사 스크랜튼 부인의 이름을 딴 스크랜튼 기념관과 도서관을 끼고 도는 오솔길로 들어섰다. 오솔길의 목책을 따라서는 붉은 장미꽃이 만발해 있었다. 문득 담장을 넘고 싶은 충동이 일었다. 장미꽃에 마력이 있다면 아마도 다른 꽃들과는 달리 토네이도처럼 소용돌이쳐 들어간 중심부 화심의 회오리 모양새에 있을 것이다.

오솔길을 걷다 말고 간간이 놓여 있는 벤치에 앉아 노천극장 쪽으로 눈길을 주기도 했다. 노천극장은 야외 행사라든가 노천예배가 있을 때 이용한다고 했다. 어림짐작해 약 삼천 명 이상의 인원이 동시에 들어설 수 있는 큰 규모였다. 휴일이라 교정에는 학생들이 거의 보이질 않았다.

어쩌다 갈래머리를 하고 교복을 입은 여학생들이 오솔길을 지나갔다. 넉넉한 흰 옷깃, 허리띠를 졸라매지 않고 자연스럽게 허리선을 살리고 있는 심플한 교복이 어떻게 보면 성숙한 이미지를 주기도 했고 어떻게 보면 목가적인 느낌을 주기도 했다.

나는 기분이 몹시 상기되어 있었다. 생뚱맞게도 태초의 모든 시간과 공간들이 발을 구르며, 손뼉을 치며 달려와 내 앞에 무릎을 꿇고 앉아 숨을 고르고 있는 것만 같았다. 깊은 어둠 속에 있다가 밝은 곳으로 처음 나오는 기분이었다. 별향을 만나기 전의 나날들은 상상할 수가 없었다. 기억해 낼 수가 없었다. 하늘이 최초로 열리는 기분이었다. 별향을 만나 비로소 내가 세상의 빛을 보게 될 수 있었으니까.

"어때요, 오솔길이…."

별향이가 길가의 풀잎을 따 손으로 비비면서 말을 건넸다. 풀잎이 으깨어져 사제의 강론과 같은 깊고도 근엄한 냄새가 코끝으로 아릿하게 전해 왔다.

"여학교라 그런지 역시 분위기가 다르군. 이런 아름다운 숲길도 조성되어 있고…. 부러운데…. 교실에서의 수업도 수업이지만 우리를 에워싸고 있는 환경이 가르쳐 주는 무언의 메시지가 어쩌면 훨씬 더 클 것 같아. 하다 못해 풀잎 으깨진 냄새를 맡으면서도 함부로 삶을 흩트려 살아선 안 되겠구나 하고 자신을 추스르게 되지. 그게 진정한 삶의 지혜고 공부가 아닐까?"

나는 한껏 선해 보이는 별향의 모습을 응시하며 말을 건넸다. 나뭇가지 위에 앉아 우짖는 새소리가 한가로운 교정의 공기를 가르며 맑게 들려왔다.

"저는 하루에 한 차례씩 점심시간이면 이 길을 따라 한 바퀴 돌고는 교실에 들어가곤 했지요. 이 길을 홀로 걸으면 마음이 깨끗이 정화될 것 같았어요. 그래서 나만의 '별향의 길'이라 이름을 붙였지요."

잠시 침묵이 흘렀다.

"오빠…. 혹시 『독일인의 사랑』 읽어 보셨어요?"

별향이가 침묵을 깼다.

"아, 막스뮐러…. 읽어 보았어. 근데 좀 오래되었지. 번역소설이 갖는 불편함이랄까 낯섦 같은 것이 심하지는 않았는데…. 그래도 왠지 처음에는 글쓴이의 의도를 몰라 책장이 잘 넘겨지지 않더군. 시간이 지나다 보니 차츰 스토리에 젖어 들게 되더라고. 특별히 기억나는 구절이 하나 있는데, 심장병을 앓는 여주인공 마리아에게 들려주던 대목이지. '신은 당신에게 고통스러운 삶을 주셨지만, 그 고통을 당신과 나누도록 나를 당신에게 보내신 겁니다.'라는…."

그러자 별향은 낯빛을 고치고서는,

"그런 대목도 깊은 공감을 주었지만, '인간은 왜 이다지도 삶을 유희하는 것일까. 하루하루가 마지막 날일 수도 있으며, 잃어버린 시간은 곧 영원의 상실임을 생각하지 않고, 왜 이렇듯 자신이 행할 수 있는 최선의 것과 누릴 수 있는 최고의 아름다움을 하루하루 미룬단 말인가?' 하는 대목은 제가 앞으로 어떻게 살아가야 할지를 깊이 생각하게 해 주더라고요. 너무 감동받았어요. 눈물이 날 정도로…."

"어떻게 살아야 할까? 세상에는 마리아처럼 고통받으며 사는 사람들이 많이 있을 텐데. 어쩌면 신은 그런 어려움을 마주한 사람들과 고통을 함께 나누도록 나머지 사람들에게 건강을 주신 것은 아닐까. 삶의 구석구석에서 찾을 수 있는 작지만 소중한 가치들을 함께 나누며 살아간다면 이 세상이 얼마나 아름답고 행복할까. 진정한 삶이란 우리에게 삶의 지혜를 전해 준 성인들의 삶을 조금이라도 닮아 가려고 노력해야 하는 과정이 아닐까. 어쩌면 그러한 성인들의 지혜를 잘 정리해 놓은 것이 국민학교 도덕 교과서고…."

나는 하늘을 한 번 우러르고 나서 다시 말을 이었다.

"별향아, 어쩌면 인생을 제대로 살기 위해 굳이 성서를 깊이 있게 연구할 필요까지는 없을 것 같아. 국민학교 도덕 교과서에 실린 내용만 제대로 실천하면서 살아간다면 그게 곧 잘 사는 삶이 아닐까…. '거짓말하지 마세요, 미워하지 마세요. 바르게 사세요' 이게 초등교육의 전부가 아닐까? 성인들이 우리에게 들려주려고 하는 큰 교훈이기도 하고…. 적어도 국민학생 정도의 도덕적 심성만 변치 않고 살아갈 수 있다면 세상은 얼마든지 평화롭고 행복해질 수 있을 거라는 생각이야."

"그러잖아도. 저도 요즘 들어 그렇게 생각하고 있어요. 국민학교 교육이 상당히 중요하다고…. 초등교육이야말로 이웃들과 서로 잘 어울릴 수 있는 삶을 위하여 기초를 다지는 전인 교육이 아니겠어요? 그 이상의 교육이야, 생존을 위한 기술교육에 지나지 않는 것이고…. 그런데 이상한 것이, 배우면 배울수록 삶을 통합하려는 의지들이 굳어져야 할 텐데, 오히려 공동체가 점점 분열되는 현상을 보이니…."

일요일 한적한 분위기 때문인가? 간간이 여학생들이 우리의 앞을 질러갔고 스크랜튼 홀 뒤쪽의 고목나무 숲속에선 이름 모를 새들의 소리가 싱그럽게 들려왔다. 그리고 숲길에서 뱉는 우리들의 언어는 얼음의 결정과 같았다. 마치 『독일인의 사랑』처럼 격하게 터진 후 내리는 서리와 같았다. '익크 익크…' 하는 독일어의 파열음처럼 새삼 우리들의 가슴을 뛰게 했다.

사랑이란 막막한 우주 공간 속에서 벌어지는 초신성

의 명멸과 같은 것, 또는 놀라운 영혼의 발견, 가슴의 끝없는 팽창과 같은 것이라 생각했다. 그게 사랑이라 생각했다.

11
함께 다녀온 동철의 면회

 화실 안락의자에 앉아 넘어가는 저녁 해를 바라본다. 라디오에선 모차르트의 클라리넷 협주곡 2악장이 흘러나온다. 생애 가장 긴 휴식과도 같은 안락하고도 낮은 선율이다. 가슴에 황금빛 석양을 받은 새들이 극락조처럼 유유히 하늘을 선회하고 있다.
 이제 나이도 들어서인가, 옛사랑만 떠오르면 마음이 절로 동심으로 돌아갈 듯하다. 남자는 왕자였고 여자는 공주였던, 누가 알아주지도 않는 신춘문예 낙선작 같은 얘기 말이다. 온몸으로 사랑했던 젊은 날들이라 그런 것 같다. 나는 찻잔을 기울이며 다시 옛날을 회상하기 시작했다. 홍차 향이 휴식을 풍요롭게 한다.

 일요일이라 일찍이 별향이네 집엘 갔다. 대문을 열자

마당에 내려앉은 아침 햇살이 샐러드처럼 싱그러웠다. 언제나 박애주의자 같은 어머니는 나를 반기시면서,

"윤복이 왔구나. 그러지 않아도 오늘 별향이가 동철이 면회 가려는데 같이 갔다 오지 않을 테야? 혼자 보내기도 무엇하고…. 다른 식구들은 지난주에 다녀왔는데 별향이만 아직 다녀오지 않았거든…."

하시는 거였다. 동철이가 근무하는 청평의 군부대에 다녀오라는 분부셨다. 별향이와 단둘이? 나는 너무나 기분이 좋아 속으로 '오!' 하고 쾌재를 불렀다.

"그렇게 하겠습니다. 어머니."

별향이와 나는 어머니가 싸 주신 약간의 간식과 김밥 도시락을 챙겨서는 마장동 시외버스터미널로 갔다. 대합실에는 근교 나들이를 떠나려는 여행객들로 붐볐다. 우리는 춘천행 삼용여객 버스에 몸을 실었다. 별향이는 창가 쪽으로, 나는 별향의 오른편 통로 쪽으로 자리를 잡았다.

기억에도 뚜렷한 흰 운동화에 청바지에 검은색 셔츠…. 매표소 창구 앞에서 차례를 기다리던 모습, 버스 출입문을 오르던 모습, 상기된 표정으로 좌석에 앉아 있던 모습 그리고 눈길을 줄 때마다 매번 번지점프를 하듯 아득하게 시선을 잡아끌던 검은 생머리와 서늘한 별향의 프로필이 떠올랐다.

차창을 스치는 풍경들이 아름다웠다. 마장동을 출발한 지 한 시간가량 지나 버스는 청평에 도착했다. 우리는 버스에서 내린 후 다시 택시를 이용해 군부대까지 갔다. 위병소에 들러 주민등록증을 제출한 후 2중대 은동철 일병 면회를 왔노라고 했다. 잠시 후 위병 근무자로부터 들어가도 좋다는 허락이 떨어져 별향과 나는 왼편으로 보이는 면회소 막사로 갔다.

자리에 앉아 기다리자니 동철이가 출입문으로 들어섰다. 군복을 입은 동철이의 첫인상이 완전히 국방색 덩어리였다. 입대 전부터 이미 근수가 좀 나가던 녀석이었는데 군대 밥을 먹더니 체중이 더 늘어 보였다.

"어이, 은 일병, 여기야!"

나는 동철이를 향해 손을 흔들어 보였다.

"윤복이 왔구나…. 엇, 별향이! 이거 어떻게 된 거야."

동철이는 당황해하면서도 반가운 표정으로 나를 바라보았다.

"야, 얼마 만이냐? 짬밥을 먹어서 그런가, 너 풍채가 아주 몰라보게 좋아졌구나. 군대 체질인 모양이야. 하하하…. 그건 그렇고 돈암동 집에 놀러 갔다가 별향이가 너 면회 간다기에 내가 에스코트차 따라왔어."

"그래, 잘하셨어. 흐흐흐…."

"인마…. 근데 뭔 웃음이 그러냐. 이상하게 바라볼 것 없다. 자비로우신 어머니께서 같이 다녀오라는 분부셨거든…. 누나는 환송 파티까지 해 주셨고…. 하하하…."

"그래, 알겠다. 아무튼, 반갑고…. 학교는 복학했겠구나. 그러잖아도 너 전공 선택 때문에 고민 많이 했었는데 그래 동양화하는 기분은 어떠냐?"

"말도 말아…. 기초가 안 돼 있는 상태에서 3학년까지 올라와 놓으니 솔직히 말해 그림이 너무 힘들다. 서양화과 3학년이라면 화구들이 지닌 물성 파악이 진즉 다 끝나 지금쯤 무슨 그림을 그릴까 즐거운 고민에 빠져 있을 텐데, 우리는 아직도 선이나 긋고 먹빛이나 살피는 용필, 용묵법 같은 지극히 기초적인 수준에 머물러 있으니 참, 한심도 하지."

"하긴 초등학교 때부터 고교 졸업 때까지 미술 시간에 먹을 갈아 글씨를 써 본 일은 있었어도 그림을 그려 본 일은 한 번도 없었으니 그 고충을 이해는 할 것 같다."

마시던 찻잔을 내려놓으며 동철이가 말했다.

"그건 그렇고, 나 요즘 아르바이트를 하고 있다. 근데 동양화가 아니고 서양화야. 부끄럽게도 동양화가 전공이면서도 돈벌이는 서양화로 하고 있다. 그게 동양화과 학생들의 현실이야. 지금 Y 장관 부인하고 B 장군 부인을 신당동 자택에서 지도하고 있어."

"그래? 거 아르바이트 자리 하나 괜찮군. 교습료도 괜찮을 것 같은데…. 그런데 어떻게 그런 자리가 생겼냐?"

"응, 어머니가 Y 장관 부인하고 만주 광명여고 시절부터 친구셔. 그래서 연결이 됐지. 주 1일에 하루 2시간씩 지도하고 한 달에 만오천 원이니 아주 괜찮은 편이지. 그래서 요즘 주머니 사정이 썩 좋아졌다. 하하…."

"내가 군대 오기 전에 한강 골재 채취장에 나가 노가다 아르바이트를 했었잖냐…. 그때 얼마 받았는지 아냐? 한 달에 만 원 받았다."

동철이가 당시를 회상하며 아르바이트의 고달픔을 토로했다.

"그래, 기억하지. 네가 한강에서 모래니 자갈이니 건축자재 채취선을 타고 아르바이트할 때 창수하고 같이 찾아가 저녁을 얻어먹은 적도 있었지. 또, 창수가 등록을 못 하고 있을 때 아르바이트로 모은 돈을 검은 야전 잠바 속 깊숙이 넣고 학교에 나타나 창수를 찾던 일도 기억하고…. 그때 정말 네가 휴머니즘의 진수를 보여 주었지. 아마 모르긴 해도 창수는 너의 그런 의리를 잊지 못할 거야…. 그나저나 군대 생활은 할 만하냐?"

"응, 할 만해…. 4주간의 훈련소 생활 후 2주간의 후반기 교육이 썩 힘들었지만, 자대에 배치되고 나니 한결 지낼 만해. 가끔 위급한 환자가 후송되어 오면 서울 통합병원까지 출장도 다녀오거든. 그때가 바깥세상을 구경할 수 있는 유일한 기회지. 서울 거리를 지날 때면 내가 저렇게 멋있는 사람들과 함께 어울리며 지냈었구나 하는 별스러운 감회 같은 것이 들더라고…."

"오빠, 식사는 부족하지 않아? 평소 배고프지 않냐고…. 어떤 군인들은 배고파서 뜨물통에 버린 음식물 찌꺼기 같은 것을 건져 먹기도 한다는데…."

걱정스러운 듯 별향이가 물었다.

"하하하…. 별향아, 지금이 어느 시댄데 그런 걱정을 하냐. 육이오 직후 50년대 군대도 아니고…. 지금은 70년대잖아, 70년대. 서울에서 아침 먹고 출발하면 부산에서 점심을 먹을 수 있대. 고속버스가 얼마나 빠른지, 그레이하운드 버스를 타 본 사람이 그러는데 새가 날아가다가 차창에 부딪혀 떨어진다는 거야. 얼마나 빠르면 그런 끔찍한 참사가 일어나겠냐…."

동철이가 신이 난 듯 주간지에서 보았음 직한 얘기를 두서없이 늘어놓았다.

"그리고 고속버스 안에는 화장실도 있다더라. 안내양도 늘씬한 미인들이라 더러는 돈 좀 있는 손님들과의 스캔들도 생기는 모양이더라고…."

나도 얼마 전 선데이서울에서 읽은 내용이 떠올라 한마디 거들었다.

"오빠, 엄마가 김밥을 싸 주셨거든. 같이 먹지."

하며 별향이가 준비해 온 간식과 김밥을 내놓았다.

이런저런 이야기를 나눈 후, 배웅하는 동철이를 뒤로 한 채 별향과 나는 부대를 빠져나왔다. 우리는 택시를 불러 가까운 거리에 있는 청평으로 가 서울행 버스에 올랐다. 휴일이라 사람들이 많이 타고 있었다. 간간이 춘천의 성심여대 학생들도 눈에 띄었고, 기타를 안고 있는 것으로 보아 무리 중 일부는 남이섬을 다녀오는 젊은 남녀들인 것 같았다. 자주 웃음들이 터져 나왔고 주고받는 대화에는 젊음, 특유의 재기들이 번득였다.

오후의 북한강 물이 눈부셨다. 어찌 보면 이른 봄 크고 작은 유빙들이 햇빛을 반짝이며 떠내려가는 것 같았다. 별향은 두 손을 무릎 위에 얹은 채로 창밖만을 바라보고 있었다. 그 모습이 마치 물을 마시러 내려온 호숫가의 사슴 같았다.

버스 안의 어수선한 분위기를 틈타 나는 헛기침을 한 번 한 뒤 가만히 별향의 손을 잡아 보았다. 나로서는 대단한 용기였다. 별향의 손은 차가운 듯 부드러우면서도 감촉이 상당히 낯설게 느껴졌다. 가벼운 명현 현상과 함께 넓은 강을 건너는 기분이었다. 강 건너로는 푸른 보리밭이 조용히 물결치고 있었다. 아폴로 11호 우주선의

닐 암스트롱이 달 표면에 발을 처음 디뎠을 때의 고요함이 이러했을까. 처음 잡아 보는 여자의 손은 적막강산이었다.

순간 이제껏 쉼 없이 얘기를 잘하던 별향이가 흠칫 놀라며 갑자기 이야기를 멈추는 것이었다. 화가 난 표정을 짓는 것도 같았다. 아차 싶었다. 몹시 긴장되었다. 후회가 되기도 했다. 하지만 이미 엎질러진 물, 후회해도 소용없었다.

하지만 잠시 시간이 흐르자 별향은 아무 일 없었던 듯 얘기를 계속하기 시작했다. 안심이었다. 내게 손을 그대로 맡긴 채로였다. 그제껏 여자의 기운을 광범위하게 육신으로 느껴 보기는 처음이었다. 사랑의 기운이 육신의 중력을 조용히 소멸시키는 것이었다.

버스가 망우리 고개를 넘자 숨 막힐 듯한 서울의 풍경이 펼쳐졌다. 곧이어 미아리 대지극장을 지나 종점인 마장동 시외버스터미널에 내린 우리는 시오 리 길 별향이네 집이 있는 돈암동까지 걷기로 했다. 해는 이미 기울기 시작했고, 하루 중 밝음과 어둠이 공존하는 저녁 시간이 좋았다. 서양화와는 달리 명암을 배제시킨 동양화의 화면처럼, 주위의 모든 사물은 각기 평등하게 눈을 뜨기 시작했다. 별향이와 함께여서인지 거리의 풍경이 더욱 아름다워 보였다.

유리병 속의 캔디가 쏟아지듯 네온 불빛이 신비로운 신설동 로터리에 이르니 인도 변에는 각종 노점상이 수레에 불을 밝히고 늘어서 있었다. 중고서적, 포장마차, 청과상…. 그리고 동보극장에서는 맹인 가수 이용복을 소재로 한 《어머니, 왜 나를 낳으셨나요?》를 상영하고 있었다. 그날따라 풍경은 사랑에 젖어 그렁그렁해 보였다.

"오빠, 저기 좀 봐. 수레 위의 불빛이 아름답지 않아?"

청과상 수레 위에는 가스등 불빛이 초신성처럼 푸르게 명멸하고 있었다.

"아름답네, 마치 눈동자처럼, 상처받지 않은 영혼처럼…. 마리 로랑상? 아니 신윤복의 미인도처럼 왠지 슬퍼 보이기도 해…. 최고의 미인과 최고의 예인은 어느 시대고 외롭고 슬픈 운명을 타고 태어나는가 봐. 탐욕과 위선으로 둘러싸인 외로운 고도처럼 말이야. 탐욕과 결탁한 미인은 진정한 미인이 아니고 위선과 결탁한 예인은 진정한 예인이 아니지. 그건 그렇고… 가스등 불빛이 어떻게 보면 푸르게 응시하는 첫사랑의 눈동자 같기도 하네."

"어머, 첫사랑? 언제 첫사랑씩이나…."

나는 미소를 지으며 팔을 돌려 별향의 어깨를 감쌌다. 문득 별향이가 순한 초식동물처럼 느껴졌다.

12
하현달 아래서의 첫 키스

 어느덧 우리는 성북 구청을 지나 돈암동 집 앞까지 왔다. 나는 별향이를 집으로 들여보내고 싶지 않았고 별향이는 들어가려고 하지 않았다. 우리는 약속이나 한 듯 집 옆의 어두운 골목길로 자리를 옮겨 한참이나 무엇인가를 망설이며 서 있었다.

 하늘엔 하현달이 골목을 희미하게 비추고 있었다. 그 모습이 영락없는 혜원 신윤복의 〈월하정인〉이었다. 그 상황에서는 어떠한 내용의 얘기도 적절치 않았고 어색하기만 했다. 그저 말 없는 침묵이 가장 적절했다. 어둠 속에서도 서로가 원하는 것이 무엇인지는 어렴풋이 알 수 있었다. 별향은 등을 벽에 기댄 채 두 눈을 감았다.

 언제까지나 침묵을 유지한 채로 시간을 보낼 순 없었다. 가까이 다가갈수록 인력에 가속이 붙는 것만 같았다. 나는 떨리는 호흡을 가다듬으며 별향의 입술에 천천히 나의 입술을 가져다 대었다. 서로의 입술이 닿자 갑자기 우레 같은 파도 소리와 함께 천 길 벼랑 아래로 떨어져 내리는 것만 같았다. 영혼과 육신이 만신창이가 되도록 이리저리 부딪치며 고통스럽게 추락하는 것만 같았다. 동반 자살이 이러할까. 심해로 한없이 가라앉는 기분이었다. 고요했다. 모든 사리 분별이 부질없었다. 그저 황홀하기만 했다.

심해 속에서 별향이가 하얀 천의를 몸에 두른 채 나를 향해 무언의 손짓을 해 보였다. 그림과 같았다. 한 폭의 미인도와 같았다. 이제껏 세상에서 그렇게 슬퍼 보이는 미인도는 처음이었다. 청나라 화첩에서도 일본 우끼요에 화첩에서도 일찍이 보지 못했던 그런 미인도였다. 마치 조선의 화가 신윤복의 미인도를 보는 듯했다. 아, 그랬었구나. 신윤복의 미인도는 항상 물속에 잠겨 보이더니…. 나는 가슴속 깊이 뼈를 갈아 흉금에 별향이를 스케치하기 시작했다.

무릇 화가에 있어서 영감(Inspiration)이란 전시에 내려지는 절체절명의 군령과 같은 것, 그래서 영감이 머리를 스치면 사지에라도 뛰어들어야 하는 법이다. 별향이와 함께 물 위로 다시 떠오르고 싶지 않았다.

"별향아, 사랑해…."

"…."

어둠 속에서도 별향의 눈동자는 흑요석처럼 빛났다.

"윤복 오빠, 나하고 약속 하나 할 수 있어?"

"무슨 약속?"

"내일 새벽에 다시 만나…."

그렇게 말하고서 별향은 나의 눈을 빤히 응시했다.

"새벽에?"

나는 의아해하며 물었다.

"응, 통금이 4시에 풀리니까, 4시 반에 집 앞 도로에서…."

"음… 좋아, 근데 그렇게 일찍이 집에서 나올 수 있겠어?"

"나올 수 있어, 오빠는?"

"나도 나올 수 있어."

이곳서 자취방이 있는 홍제동까지는 버스로 한 시간 거리, 더군다나 버스도 다니지 않는 새벽 시간에 돈암동까지 온다는 것이 불가능하다는 것을 알면서도 벅찬 마음에 올 수 있다고 서둘러 대답했다.
 별향을 집으로 들여보낸 후 근처 여관엘 들까 하다가 가까운 삼선교의 윤식이네 집이 떠올라 그리로 가기로 했다. 버스를 타기보다는 걸어서 가기로 했다. 내일 이른 새벽에 차들이 다니지 않을 것을 생각해 삼선교서 별향이네 동네까지 걸어서 시간이 얼마나 걸릴지 미리 알아 두는 것이 좋을 듯해서였다.

그나저나 우리 집이 돈암동서 한 시간 남짓 거리인 홍제동인 것을 알고 있을 별향이가 어떻게 그런 무리한 약속을 제안했는지 모를 일이다. 근래 들어 부쩍 만남이 잦아지면서 어쩌면 내가 항상 스물네 시간 자신의 가까운 주변에서 맴돌고 있다고 착각하고 있는 것 같았다. 별향이도 어쩔 수 없이 사랑의 무모함 내지는 충동성에 휘말려 앞뒤 계산 없이 그런 제안을 했다는 생각이다. 나만 홀로 돈암동과 홍제동 사이를 정신없이 오가며 우왕좌왕하고 있었던 것은 아니었다.

발걸음이 가벼웠다. 하지만 평소와는 달리 사물을 바라봐도 초점이 잘 맞지 않았다. 희부연 안개 속을 걷는 기분이었다. 인도변의 플라타너스와 은행나무 가로수가 구별이 잘되지 않을 정도였다. 그리고 무슨 근거에서였는지 울긋불긋한 거리의 네온 불빛들이 모두 천박하고 상스럽다는 생각이 들기도 했다.

한편 거리를 오가는 사람들은 모두 무표정한 얼굴의 우울증 환자들 같아만 보였는데, 내가 사랑의 결실을 거둔 날에는 반드시 거리를 오가는 행인들을 쫓아 일일이 악수하며 삶의 빛나는 의미를 전해 주리라 다짐했다. '사랑하세요….'라고.

윤식이네 집에 도착한 시간은 밤 9시가 넘어서였다. 다행히 윤식이네 집까지는 걸어서 30분 정도의 시간이 걸렸다. 그러니까 내일 새벽 3시 50분에 기상하여 얼른 세수를 마친 후 4시 통금 해제 사이렌 소리와 함께 바로 약속 장소로 떠나면 될 것이다.

"윤복이 웬일이냐?"

윤식이가 놀라면서 늦은 시간에 찾아온 까닭을 물었다. 오늘 있었던 일의 자초지종을 설명했더니 미소를 지으며,

"오늘 밤 잘하면 잠을 설치겠구나."

하였다.
병준이는 R.O.T.C 입영 훈련 문제를 상의하기 위해 낮에 다녀갔다고 했다.

새벽 3시 45분, 긴장하고 잔 탓인지 시계의 알람 소리보다 먼저 잠에서 깨었다. 윤식이네 식구들은 한창 깊은

잠에 빠져 있었다. 나는 조용히 밖으로 나가 마당 한편 수돗가에서 찬물로 세수를 했다. 옷을 챙겨 입고 구두를 신으려니 야수의 울부짖음 같은 사이렌 소리가 돈암동 쪽에서 불길한 듯 날카롭게 들려왔다. 4시 정각, 통금 해제를 알리는 소리였다.

대문을 열고 집을 나섰다. 골목을 빠져나와 큰길로 접어드니 거리엔 짙은 안개가 자욱했다. 건너편 성북동 골짜기는 아예 보이질 않았다. 가로등이 희미하게 주위를 밝히고 있었고 지붕에 불을 밝힌 택시들이 부지런히 나타났다가는 이내 사라지곤 했다. 더러는 나의 곁으로 다가와 타지 않겠느냐고도 했다. 그럴 때마다 나는 손을 저어 보였다. 안개 속에서는 청소부 아저씨들이 거리를 쓸고 있었다. 그런가 하면 고교생들이 가방을 들고 어디론가 바삐 걸어가는 모습도 눈에 띄었다.

나는 별향이와의 약속 장소를 향해 부지런히 걸음을 옮겼다. 하늘에 뜬 무지개가 그렇듯 아이 때나 이 나이에 이르러서나 안개는 항상 나의 가슴을 설레게 한다. 다 같이 자연의 조화라 그런 것 같다. 안개는 세상으로부터 나 자신을 완전히 삭제해 버릴 듯한 쾌감을 맛보게 한다. 어쩌면 마조히즘에 가까운 부끄럽고도 은밀한 즐거움이다. 그런가 하면 숲속에서처럼 누군가에게 비밀을 고백하고 싶은 야릇한 심리 같은 것도 싹트게 한다. 굳이 성호를 긋지 않고서도 상대방에게 나의 모든 진실을 전할 수 있을 것만 같게 해 준다. 지독한 안개였다.

13
자작나무 숲에서

 잠시 후 안개를 헤치며 별향이가 약속한 장소에 나타났다. 어제와는 달리 오늘은 치마를 입은 모습이었다. 군청빛 주름치마에 반소매 흰 블라우스. 아무리 보아도 부풀어 오른 블라우스와 안개 속에서의 치마는 멋있어 보였다. 특히 바지와는 달리 치마는 유리창 안, 실내의 풍경을 차단하듯 여자의 육신을 가리는 커튼과 같은 것이라 생각했다.

 짙은 안개를 헤치며 자동차들의 불빛이 잇달아 꼬리를 물고 있다. 하얀 필로폰 가루들이 허공에 떠돌듯 빛을 받은 안개의 입자들이 대단히 몽환적으로 보였다. 때로는 달려오는 자동차의 헤드라이트 불빛이 우리의 눈을 부시게 했다.

"잘 잤어?"

나는 두 손을 내밀어 별향이를 반겼다. 그러고는 다가오는 그녀를 가볍게 품에 안았다.

"그나저나 어젯밤 오빠는 어디서 잤어?"

별향이가 나의 품에 가볍게 안기면서 물었다.

"헤어지고 난 후 생각해 보니 내가 너무 무리한 약속을 했었나 봐. 얼마나 많이 후회했는지 몰라."

"아니 뭘…. 다행히 가까운 삼선교에 친구네가 살고 있거든, 거기서 잤지."

나는 웃으며 답했다.

별향과 나는 돈암동에서 길음동 방향으로 향하는 고가차도 밑을 지나 정릉 쪽으로 발걸음을 옮겼다. 서로 손을 잡은 채였다. 사람의 손에 그렇게 다양한 감정이 숨어 있는 줄은 몰랐다. 그림을 그릴 때 필압의 강약이라든가, 먹의 윤갈, 운필의 속도 등으로 모든 감정을 표현하듯 비록 말은 없어도 손길을 통해 별향의 마음이 살갑게 전달되어 오는 것 같았다. 손바닥보다 부드럽고 담백한 언어는 없어 보였고, 깍지 낀 손보다 깊은 믿음의 언어는 없어 보였다. 손은 심장의 전령사라 생각했다.

다섯 시가 다 되어 가는 시간이지만 짙은 안개가 걷힐 줄 모르고 있다. 안개 속을 걷는 사람들은 모두 통조림처럼 푸석푸석 만만해 보였다. 우리는 숭덕초등학교 앞을 지나 오른쪽으로 난 정릉천 다리를 건넜다. 이어 주택가 사이로 뻗은 길을 따라 올랐다. 얼마만큼 오르니 인적이 끊기고 길이 좁아졌다. 길은 계속해서 산으로 이어졌다. 아마도 북한산으로 오르는 등산로일 것이다.

한 시간 정도는 걸은 것 같다. 왼쪽으로 난 샛길로 들어서자 산에서 내려오는 작은 계곡을 만났다. 자작나무 숲 사이로 들려오는 물소리가 시원했다. 자작나무는 숲속의 가인이라더니 지상이 아닌 하늘에 뿌리를 내린 나무 같았다.

어느 책에선가 이차대전 전후한 암울한 시기에 사랑에 빠진 일본의 청년들이 자작나무 껍질에 연서를 남기고 자살을 택했다는 이야기를 읽은 적이 있었는데, 사랑을 하면 원죄에 시달리게 되는지 결백을 좋아하는 일본 사람들에게는 충분히 감성을 자극할 만한 나무라 생각했다. 우리는 서로 몸을 의지한 채 흘러내리는 물소리를 들으며 너덜바위에 앉았다.

물속에는 왠지 호호백발 노인네와 천진난만한 어린아이가 서로 손을 부여잡고 앞서거니 뒤서거니 내달리는 모습이 보이는 것만 같았다.

"별향아, 어때? 물소리가 듣기 좋지? 노자와 모차르트의 만남…. 세상에서 가장 지혜롭고 순수한 영혼들의 웃음소리가 들려오는 것 같지 않아?"

"글쎄, 오빠 얘기를 듣고 보니 그런 것 같기도 하네. 물소리가 차가워. 〈디베르티멘토〉를 듣는 것 같애."

그러면서 별향은 모차르트의 〈디베르티멘토〉 136번 1악장 앞부분을 콧노래로 흥얼거렸다.

"그런가 하면 도인의 음성이 들려오는 것도 같지. 별

향아, 나도 언젠가는 서울을 떠나 자연으로 돌아가고 싶구나. 하루 종일 지혜로 세수를 하고 지혜로 양치를 하고 지혜로 목욕을 할 수 있는 그런 맑은 자연으로 말이지."

 그렇게 말한 후, 나는 별향을 안아 너덜바위에서 내려와 풀숲 위에 조심스럽게 눕혔다. 순간 풀 향기와 더불어 별향의 냄새가 물씬 코끝에 불어왔다. 몸이 얼어붙는 듯했다. 블라우스 젖혀진 사이로는 별향의 목선을 받쳐 주는 쇄골이 드러나 보였다. 이른 새벽 가슴과 빗장뼈가 만들어 낸 목 아래의 작은 웅덩이가 여명을 받아 싱그러웠다. 은밀한 아름다움 같은 것이 느껴졌다. 그러고는 블라우스를 부풀게 해 주었던 가슴도 보았다. 유방은 허공에 떠 있는 목성처럼 엷은 우수를 머금고 있었고 희고 둥근 덩어리는 적막해 보이기까지 했다. 처음 보는 여자의 가슴이었다.

 옷자락을 젖히고 그곳에 입을 맞추어 보았다. 눈보라에 쫓기듯 날카롭고 엄혹했던 어젯밤 골목에서의 키스와는 달리 느낌이 한결 부드러웠다. 마치 설탕을 치지 않은 토마토를 한입 베어 문 듯 비릿한 친숙함이 혀끝으로 전해 왔다. 별향의 손이 가볍게 나의 등을 쓸고 있었다. 아래로 아래로 애무를 계속 이어 갔다. 별향의 몸에서는 마치 비 오는 날의 온갖 싱그런 푸성귀 냄새 같은 것이 났다. '오빠, 안 돼' 할 때마다 나는 정신을 차려 자세를 바로잡곤 했다. 그러곤 의식이 돌아올 때마다 우리는 나누던 이야기를 다시 잇곤 했다.

갑자기 계곡 물소리가 더욱 힘차게 들려오는 것 같았다.

"별향아, 인구가 십만 정도 넘어가는 곳에선 살 수 없을 것 같아. 지나치게 많은 사람과 어울릴 때 생존경쟁이 과열되어 사람들이 자기방어적이 되고, 때에 따라 남의 이익을 뺏는 적극방어 행위까지도 하게 된다는 생각이야. 구성원들의 도덕성이 점차 마비되는 것이지. 한마디로 살아간다는 것 자체가 숫자놀음처럼 맹목으로 바뀌면서 삶의 질이 떨어진다고나 할까? 불행의 단초가 싹트는 거라고 생각해."

"…."

"인간다운 삶이란 욕심을 스스로 적절히 통제할 수 있

을 때라야 가능하지 않을까. 자연으로부터 멀리하면 할수록 욕심을 제어할 수 있는 제동 장치가 사라져 결국 파멸에 이르게 되고 말지. 비관적으로 들릴지 모르지만 그런 점에서 자연율과 무관하게 작동되는 서울과 같은 대도시에서의 삶은 불안하고 위태로울 수밖에 없어."

"오빠, 벌써부터 그런 생각을 하는 것을 보니 머지않아 정말 서울을 떠나겠네…. 그나저나 지금 몇 시쯤 되었을까? 저기 햇살 좀 봐."

 별향은 풀숲에 누운 채로 손가락으로 앞산을 가리켰다. 어느새 안개는 걷혀 있었고 앞산 마루에는 홀연 아침 햇살이 날아와 밝게 빛나고 있었다.
 놀랍게도 별향의 치마와 블라우스가 마구 헝클어져 있었다. 주름치마는 늦가을 갈대밭처럼 몹시 어지러웠고 풀물이 든 블라우스 자락은 허리춤 밖으로 뽑혀 나와 멋대로 흐트러져 있었다. 떨어져 나간 블라우스 윗 단추 하나가 풀잎 사이로 하얗게 반짝였다.
 이 모든 광경이 내 나이 스물두 살의 본능과 내 나이 스물두 살의 이성이 한 차례 힘을 겨룬 후의 격전장 같아 보였다. 폭풍우가 휩쓸고 지나간 후처럼 별향의 모습이 처연해 보이기까지 했다. 회상해 보건대 젊은 날 이처럼 치열하게 자기와의 싸움을 벌여 본 적도 없었던 것 같다.

 내가 그녀의 육체에 탐닉하여 행동을 예측할 수 없었을 때, '오빠, 엄마한테 혼나….'라는 열아홉 살 청순한 별향의 최후통첩성 속삭임만 없더라도 어쩌면 나는 본능에 더 충실했을지 모를 일이다. 그보다는 어쩌면 내가 별향을 진실로 사랑했거나 뭘 몰라 순진했거나 아니면 두 가지의 경우 다였기에 그날 그녀를 보호했으리란 기억이다.

 "오빠, 왠지 두려워…."

 갑자기 별향이 일어나 앉으며 내게 말했다. 그러고는 내게 몸을 기댔다.

 "바보같이, 두렵긴…?"

나는 흐트러진 별향의 머리를 가지런히 손으로 빗겨 주었다. 그러고는 안심시키려 어깨를 토닥거려 주었다.

맑고 깊은 강물을 바라볼 때 두려운 마음이 들듯 깊이를 가늠할 수 없는 사랑에 젖어 있을 때 우리는 기쁨과 함께 종종 두려운 마음에 들기도 한다. 그 사랑에 기약이 없기 때문이다.

뜨겁던 열기가 식어 가는 것 같다. 계곡물 소리 다시 들려오고 7월 초, 한차례의 소나기가 지나간 듯 들녘이 더없이 싱그럽다. 바람에 너울거리는 하얀 개망초 군락을 바라보려니 문득 시골 국민학교엘 다니던 어린 시절, 책보를 허리에 질끈 동여매고 들길을 따라 집으로 돌아가던 소녀 아이들의 모습이 떠올랐다. 궁핍했던 지난날, 단발머리, 검은 치마, 하얀 저고리, 흰 소매 끝에 땟국이 흐르던 계집아이들…. 하지만 맑은 눈동자들, 순박한 수줍음들이 개망초 무리를 헤치고 나타났다가는 깔깔거리며 사라졌다.

뜻밖에도 그 행렬 끝자락에 군청빛 주름치마에 흰 블라우스를 입은 별향의 모습도 함께 나타났다가는 미소를 지으며 사라졌다.

"윤복 오빠, 눈 한번 감아 볼 테야?"

"엉, 눈을 감으라고?"

갑작스런 요구에 당황한 나는 정신을 가다듬은 후 별향의 얘기에 귀를 기울였다.

"그래, 오빠야…. 잠시만 눈을 감아 봐…."

"근데, 별향아, 실은 말이지…. 내가 말이지…. 겁쟁이라 눈을 감으면 이번엔 내가 무서워질 것 같은데 어떡하지? 눈 감으면 뿔 달린 도깨비가 나타날 것 같아…. 하하하."

하고선 지그시 두 눈을 감았다.
'피~' 하고 별향이가 웃으며 나의 가슴을 주먹으로 가볍게 쳤다. 기분이 좋았다. 돌을 던진 후의 둥근 파장이 호수를 건너듯 짜릿한 쾌감이 가슴 전역으로 전이되는 것 같았다.

눈을 감고 있자니 별향이가 나의 왼손 약지에 무엇인

가를 끼워 주는 것 같았다. 눈을 떠 보니 반지였다. 은반지였다. 가락지에는 '태 72'라는 글씨가 양각되어 있었다. 그런데 '태'가 무엇일까, 궁금해하며 곰곰이 생각하자니 그것은 '태'가 아니라 이화여고의 영문 이니셜인 'EH'였다. 그러니까 별향의 여고 졸업 반지였던 것이다.

별향이 나의 손가락에 그녀의 졸업 반지를 끼워 준 행위는 육신의 일부를 잘라 피부 이식을 하듯 자신의 과거 기록 일부를 나의 영혼에 이식하는 행위라 생각했다. 기뻤다. 앞으로 살아가면서 그녀의 반지를 의식하지 않을 수 없을 것 같다. 흥미롭게도 반지가 나의 손가락을 꼭 물고 있는 것 같기도 했다. 마치 '잊지 마세요….' 하며 열아홉 살 별향이가 낮은 목소리로 약지에다 대고 속삭이는 것 같았다.

14
북악스카이웨이 드라이브

하루하루가 기쁜 날들이었다. 때로는 별향과 호사스러운 시간을 보낼 방법이 없을까 고심하다가 큰마음 먹고 택시 드라이브를 하기로 했다. 그림지도 아르바이트비를 받는 날을 기다려 개방한 지 얼마 되지 않은 북악스카이웨이를 돌아보기로 했다.

그동안 1.21 북한 무장공비의 청와대 침투 시도 사건 이후 청와대와 수도권 경비를 위해 일반에 폐쇄되었던 북악스카이웨이의 개방에 관해 신문들이 일제히 크게 보도하곤 했다. 한편으론 얼마 전 개통된 경부 고속도로와 함께 북악스카이웨이는 당시 새마을 운동에 지쳐 있던 국민들의 사기를 힘차게 진작시켜 주었다.

오후 해 질 녘쯤 하여 별향을 돈암동 태극당 빵집에서

만나기로 했다. 당시 우리가 약속 장소로 정할 수 있는 곳은 다방 아니면 빵집밖에 없었다. 현실 도피성이 강한 젊은이들은 이 층이나 지하 다방을 선호했고, 비즈니스맨이나 나이 든 사람들은 주로 1층 다방을 드나들었다. 요즘처럼 젊은이들이 만나 가볍게 산책할 만한 거리 공원이라든가 유원지가 별로 없었다.

별향이가 문을 들어서자 실내에서는 비틀즈의 노래가 흘러나왔다. 'Hey Jude don't make it bad Take a sad song and make it better….' 누구일까? 멤버 중 가장 강한 중독성을 가지고 다가오는 그 음성의 소유자. 이유식을 먹이기 전 갓난아이의 울음처럼 집요하면서도 청아하게 들려오는 그 음성의 소유자가.

건달 같아 보여 팝송에 그리 호의적이지 않던 나도 비틀즈의 노래만은 좋아했다. 뭐랄까, 짐짓 그들만의 철학적인 듯 생뚱맞으면서도 다양한 가사와 음악성이 젊은이들의 감성을 풍요롭게 했다. 비틀즈의 음악은 마치 오랜 세월 가둬 두었던 댐의 물을 일시에 방류하는 것 같았다.

"별향아, 이제 그만 일어나 볼까? 퇴근 시간대라 차가 많이 밀릴 수도 있겠어."

"그래요, 오빠."

 우리는 거리로 나와 손을 흔들어 택시를 잡았다. 영화 속의 신성일이가 택시를 잡는 폼으로. 거리엔 가로등이 들어오기 시작했다. 코로나 택시 뒷좌석은 마치 사랑에 굶주린 젊음의 공간 같았다. 나는 별향을 힘껏 포옹했다. 마치 깊고 푸른 태평양을 가슴에 가득 품은 듯했다. 그런데 운전기사가 택시 앞 좌석의 룸미러로 뒤를 볼 수 있다는 사실을 미처 깨닫지 못했다. 아마도 포옹하며 키스하는 모습을 택시 기사가 보았을 것이다. 순간 얼굴이 얼마나 화끈거리며 달아오르던지.
 스카이웨이에는 커브 길이 많았다. 자동차가 급커브를 돌 때마다 별향이와 나는 수시로 서로 몸을 부대껴 가며 차창 밖의 풍경을 바라보았다. 아마도 택시 기사가 고의로 핸들을 급하게 꺾는 것도 같았다.

 택시는 깨끗하게 포장된 아스팔트 도로를 따라 팔각정이 있는 스카이웨이 정상까지 올라갔다. 기사 아저씨의 배려로 우리는 차에서 내려 팔각정에 올라 잠시 서울의 야경을 굽어보았다. 케이블카가 오르내리는 남산의 야경이 꿈결처럼 가까이 다가와 보였다. 역시 서울은 멋있었다.

정상에는 저녁 데이트를 즐기려는 젊은 아베크족들로 붐볐다. 야경은 반짝이를 뿌려 놓은 듯 아름다웠다. 서울 시내를 이렇게 높은 곳에서 바라볼 수 있는 곳은 북악스카이웨이 정상이 가장 높은 곳인 것 같았다. 특히 남산 아래 회현동이라든가 우측으로 보이는 광화문 일대는 온통 불바다를 이루고 있었다.

"별향아, 멀리 남산을 바라보며 두 팔 벌려 심호흡을 해 봐. 서울에 있는 모든 대학의 기운이 별향이의 가슴 속으로 날아와 자리잡게 될 거야. 그러면 내년엔 어떤 대학을 지원해도 합격하게 되어 있어."

남산을 향하여 두 팔 벌려 심호흡을 몇 차례 한 후, 우리는 차를 되돌려 다시 정릉 입구로 내려왔다.

15
갑작스런 이별 통보

 별향이와 북악스카이웨이에서의 꿈결과 같은 일이 있은 지 얼마나 지났을까? 채 닷새가 지나지 않아서였던 것 같다. 추적추적 장마비가 내리던 주말 오후였다. 뜻밖에도 별향이가 그동안 나에게서 받았던 모든 편지를 가슴 하나 가득 안고 홍제동 자취방을 찾아왔다. 이젠 모든 관계를 정리하고 싶다고….

 청천벽력과 같은 소리였다. 어째 이런 일이, 왜 이런 일이 일어날 수 있을까? 도무지 그 까닭을 알 수가 없었다. 사랑의 계약을 맺은 일도, 계약을 파기한 일도 없었는데…. 별향의 얼굴을 잡아 흔들어 가며 자초지종을 설명하고 달래도 보았지만, 별향이는 머리만 좌우로 흔들 뿐, 이미 돌아선 마음을 되돌릴 수는 없었다. 여자의 마음은 갈대와 같다더니….

허무했다. 그렇게 별향이를 보내 놓고 나는 얼마나 울었는지 모른다. 책상을 쳐 가며 대성통곡을 했다. 밖에 인기척이 느껴지면 소리를 죽여 흐느껴 울다가 인적이 사라지면 다시 소리를 내어 울곤 했다. 하지만 울고 울어도 슬픔은 가셔지지 않았다. 문득 이웃의 이목이 부끄러워 나는 문밖을 나섰다. 나만의 공간에서 슬픔을 삭이고 싶어서였다. 비는 멎어 있었다.

동네 앞산인 안산 자락의 숲길을 따라 발길을 옮겼다. 평소 한가한 저녁나절이면 즐겨 걷는 숲길이다. 연희동 방향으로 난 오솔길을 따라 어느 만큼 걷자니 산 정상으로 오르는 사잇길이 나타났다. 서울을 에워싸고 있는 산으로서 안산만큼이나 푸르고 목가적인 모습을 보이는 산도 없는 것 같았다. 산자락 푸른 초지에는 누군가 까만 흑염소 떼들을 풀어 방목하고 있었다. 마치 스위스의 어느 산자락 풍경을 연상시켰다.

숲속엘 들어서려니 참았던 눈물이 다시 흘러내렸다. 그곳에 엎드려 나는 복받쳐 오르는 슬픔을 삭이고 또 삭였다. 비록 시들어 가고 있는 끝물이지만 아카시아 향은 참으로 은혜로웠다. 단식 끝에 피어오르는 아름다운 영혼의 내음 같았다. 별향은 가고 비록 나 홀로 쓸쓸한 영혼으로 남았지만, 세상에 이처럼 아름다운 이별도 없는 것 같았다. '사람을 잊고 삶을 다시 시작하세요.'라고 아카시아 향이 내게 속삭이는 것만 같았다.

  어느 만큼 시간이 흘러 눈물도 마르고 슬픔이 잦아들 무렵, 숲속에서 이름 모를 새소리가 들려왔다. 새소리는 풀잎만큼이나 아름다웠다. 때마침 넘어가는 해와 함께 멀리 연희동 하늘에는 무지개가 선명히 떠오르고 있었다. 아카시아 향과 새소리와 무지개…. 자연이 만들어 낸 그 정경들이 쓸쓸한 내게는 최대의 위안이었다.

  이 모든 일이 내 나이 스물두 살 때의 일이었다. 나는 곰곰이 생각해 보았다. 첫사랑의 파경 이유는 오로지 두려움 때문이 아니었을까? 천 길 벼랑 아래로 흐르는 투명한 물속을 들여다보았을 때의 두려움 같은 것 말이다. 젊은 날의 사랑은 그런 투명하고도 아득한 두려움을 수반했던 것이다.

  첫사랑이란 영혼에 새겨진 푸른 문신과 같은 것. 설레는 마음으로 다가와 두려운 마음으로 사라지는 것, 아니 천사가 데려와 악마가 데려가는 것일지도 모른다. 아마도 첫사랑의 불가해한 종지부 때문에 당시의 기억이 아픔과 함께 평생토록 가는 것 같다.

사랑을 하는 데 이유가 있다면, 우리는 진정한 사랑이 아니라 실리적 소통 관계인 비즈니스를 하고 있는 것일지도 모른다. 사랑이란 시작도 끝도 모두 신화와 전설 같아야 한다. 특히 첫사랑이 종교적 떨림과 같은 이유가 그 때문이다.

젊은 날 여자가 심경의 변화가 있을 때 머리 스타일을 달리하듯 남자는 흔히 군대에 가곤 했다.

별향과 헤어진 후 얼마 안 있어 군에 입영하라는 징집영장이 날아왔다. 예기치 않던 영장이라 나는 깜짝 놀랐다. 춘천 지방 병무청에 자초지종을 알아보았더니 지난 학기 교련 수강일수가 미달이라 강제 징집한다는 것이었다. 하긴 지난 학기부터 대학가에서는 반정부 투쟁 목적으로 국가 정책 과목인 교련 수업을 거부하자는 결의가 있었고, 그에 대처하여 정부에서는 교련 수업을 거부하는 학생들에 대해서는 강제 징집을 하겠노라 엄포를 놓았던 것이다.

나로선 그동안 전반적으로 대학 생활에 충실치 못했을

뿐만 아니라, 특히 교련 수업에 대한 거부감이 커 교련 수업을 수시로 빠졌더니 덜컥 영장이 나온 것이다. 당시를 즈음하여 별향과의 아픈 상처가 채 가시지 않아 하루하루 생활이 힘들던 터라 차라리 잘됐다고 생각했다. 2학기 등록은 군에 다녀와 하기로 했다. 그리고 아르바이트 자리는 같은 과 친구에게 넘겨주고 와수리 시골집으로 내려가 입영 날짜가 돌아오기만을 기다렸다.

16
34개월간의 군 생활

그해 10월 17일 나는 어머니와 함께 동대문에서 동부고속버스를 타고 38사단 신병교육대가 있는 원주로 향했다. 가을날 고속도로 주변의 풍경은 수확기라 황금물결로 출렁거렸다.

한편 새마을 운동의 일환으로 일찍이 고속도로 주변에는 지붕 개량 사업이 이루어져 초가지붕들이 모두 울긋불긋한 슬레이트 지붕으로 바뀌어 있었다. 당시 교수가 농가의 초가지붕을 걷어 내고 슬레이트 지붕으로 바꾼다고 정부 시책을 매우 못마땅해하던 모습이 기억난다. 슬레이트 지붕이 초가와는 달리 우리 산하와 잘 어울리지 않는다는 거였다.

그 당시엔 그런대로 일리 있는 지적이라 수긍을 하며 받아들였었는데 수십 년이 지난 지금 곰곰이 되새겨 보려니 매우 시대착오적이고 철없는 생각이었다는 회상이다. 그런 식의 시각이라면 과연 완만한 구릉과 같은 노년기의 우리 산하와 직선으로 뻗은 고속도로가 어울린다고 할 수 있을까? 구불구불 먼지를 날리며 산을 돌아가는 비포장 옛길이 더 아름답고 조화롭다고 해야 할 것이다. 생각하면 할수록 헛웃음만 나온다.

사고란 20대, 30대, 40대, 50대, 60대 나이 들어 가면서 합리적, 현실적으로 철들면서 성숙해지는 것이란 생각이다. 그런 4, 50대 교수들로부터 젊은 우리들은 학문과 예술의 진리를 배웠었다.

형이 군에 입대할 때와는 달리 어머니는 울지 않았고, 마치 큰 깨달음이라도 얻은 사람처럼 시종일관 덤덤한 표정이었다. 형이 입대할 때는 집안 분위기가 여러 날 동안 침울했었다. 아버님은 평소보다 더욱 엄격히 자신의 감정을 다스리는 듯하였고, 어머니는 마냥 슬프게 눈물을 흘렸었다. 특히 입영 후 형이 입고 간 옷가지들과 구두가 남루한 옷과 떨어진 운동화 짝으로 바뀌어 배달되었을 때는 마치 전장에 나간 아들의 전사 통보와 함께 유해라도 돌아온 듯 서럽게 우는 것이었다.

형이 중학생 때는 아마도 첫째가 20대에 들어서면 전쟁도 없을 것이고 그렇게 되면 첫째가 군에 갈 일도 없을 거야 하던 어머니의 얘기가 생각났다. 불과 십 년 전의 전망이었다. 하지만 종전은커녕 남북 간의 군사적 대립은 삼척 · 울진 · 동해안 공비 침투 사건이라든가 1.21 청와대 침투 사건 등으로 전에 없이 날카로웠다.

내가 중학생 때까지만 해도 6.25가 휴전된 지 얼마 지나지 않아서였는지 징집 영장이 나오면 마을이 숙연한 분위기였다. 갈말에 살 때 우리 집 길 건너 쌀가게집에는 다 큰 아들이 있었는데, 입영 통보서가 나오자 긴 대나무 장대에 한자로 입영이란 글씨를 쓴 흰 깃발을 매달아 집 앞에 세워 둠으로써 아들이 군 징집 영장을 받았음을 오가는 마을 사람들에게 알렸다. 그러고는 밤이 늦도록 술잔을 기울여 마치 동료를 전쟁터로 보내는 입영 전야처럼 침울한 분위기가 거의 상갓집 수준이었다.

그러잖아도 3남 1녀 중 차남인 나는 평소 왠지 다른 형제들에 비해 홀대를 받고 있다는 생각이 강했었는데, 이번 나의 입영 때 어머니가 눈물 한 방울 흘리지 않는 것은 역시 내가 차남이기에 감수해야만 할 부모님으로부터의 통상적 무대접이라 생각했다.

그러니까 형은 형제들 중에서 장남이라 우선순위로 대접받았고, 여동생은 고명딸이라 귀여움을 받았으며, 막내는 가엾다고 대놓고 챙기시는 것 같았다. 그에 비해 둘째 머슴애인 나는 가족 구성원으로서의 휴머니티를 자극할 만한 어떠한 매력도 갖고 있질 못했다.

버스를 타고 내려가면서 어머니는,

"장관 부인인 친구한테 얘기해서 국방부나 육본 같은 근무하기 좋은 곳으로 배치받을 수 있도록 해야겠구나."

하시는 거였다. 그래서 나는,

"어머니, 그러지 마세요. 가뜩이나 반정부 시위를 한답시고 매번 경찰들한테 돌이나 던지고 교련 출석도 하지 않아 강제 징집되는 처지에, 무슨 염치로 그런 부탁을 하시겠다는 거예요. 그리고 장관 부인쯤 돼서 친구 졸병 아들 근무지나 부탁하고…. 그런 짓 하기가 좋겠어요? 그러니 그런 생각일랑은 아예 하지 마세요. 그리고 형은 위험한 월남전까지 자원해서 다녀왔잖아요. 얼마나 대단해요? 그에 비하면 지금은 전시도 아니고 손바닥만 한 땅덩어리 어디서 근무한다 한들 형보다야 더한 고생을 하겠어요? 남들도 다 하는 군대 생활 눈 딱 감고 삼년간 버틸 테니 걱정하지 마세요."

라고 말하면서 적극적으로 만류했다.

입소하기 직전, 나는 부대 앞에 있는 이발소에서 머리를 삭발한 후(부대 내에서 이발을 하면 이발병이 화풀이 삼아 바리캉으로 입대 장정의 머리를 집어 놓는다기에…) 어머니께 돌아가시라 작별 인사를 드린 후 바로 정문 안으로 뛰어 들어갔다. 입소 장정 무리로 들어가 섞일 때까지 어머니는 정문 밖에서 한참이나 나를 지켜보고 계셨다.

그런데 입영 첫날 점호 시간에 주번사관으로부터 외부 소식을 전해 듣고서는 깜짝 놀랐다.

"오늘 19시를 기해 10월 유신이 선포되었다. 우리 민족의 지상과제인 조국의 평화적 통일을 위해 취한 국가의 정치개혁 조치다. 전국적으로 비상계엄령이 선포되었고 국회가 해산되었으며, 일체의 정치 활동이 금지되었다. 이제 여차하면 너희들은 언제라도 전방이나 소요 지역으로 투입될 수도 있다."

처음에 나는 주번사관이 신병 입소 첫날 군기를 잡느라 저토록 무시무시하게 엄포를 놓는 것이라 생각했다. 그러면서 역시 군대는 무서운 곳이라 생각했다.

글로써 나의 마음을 토로하는 일은 오랜 역사를 지니고 있다. 국민학교 때부터 일기를 계속해서 써 오고 있으니까. 매일이라고는 할 수 없지만 거의 매일같이 심중을 글로써 토로하고 있다. 군대 가서도 일기 쓰는 일은 계속되었는데, 저녁 점호 시간이 끝나면 주번사관에게 내일 브리핑할 차트를 써야 한다고 말하고서는 근무처 사무실로 내려와 사라져 가는 시간들을 불러내었다. 죽어 가는 생명체들에 대해 연민을 느끼듯, 내게 있어 일기란 사라져 가는 기억과 시간들에 대한 연민의 기록이다.

졸병 출신으로서 군 생활에 대한 기억은 에피소드식으로 단속적일 수밖에 없다. 하루하루를 군대라고 하는 거대 공룡조직의 말단 수족과 같이 움직였을 뿐이니까….

의무복무 36개월 동안 영내에서의 생활은 그야말로 공휴일 낮잠 자는 시간 외에는 개인의 자유가 거의 허락되지 않았다. 평소 공상과 잡념이 많은 나로선 생각과 몸이 따로 놀아 조직 생활이 아주 힘들었다.

군 생활 중, 훈련소에서의 생활은 강도 높은 고된 일과의 연속이었다. 훈련은 기본이었고 틈나는 대로 불려 나가 야전삽으로 참호를 판다거나 뒷산에 올라 빗자루를 묶을 싸리를 꺾어 오기도 했다. 연병장을 쓴다거나 겨울이 되면 제설 작업 용도로 쓰일 빗자루였다. 토요일 오후나 일요일이면 잠시 개인 시간이 주어졌는데, 그때면 저마다 더러워진 옷가지를 세탁한다거나 집으로 편지를 쓴다거나 아니면 통일화(훈련화)를 신은 채 침상에 누워 단잠에 들기도 했다.

이런 바쁜 와중에 아침 점호가 끝난 후 수돗가로 달려가 발을 씻는다거나 머리까지 감는다는 것은 엄두도 내지 못할 일이었다. 6주간의 훈련 기간 동안 목욕을 두 번 했던가? 기억이 가물가물하다. 그래도 대부분의 동료들은 부지런했다. 점호가 끝나고 수돗가에 가 보면 이미 많은 사람들이 벌떼처럼 달려들어 양치를 하고 세수를 하는 등 더러는 수통에다 물을 받아 머리까지 감곤 했다.

군 생활을 해 나가기에 나의 신체적 조건은 거의 부적격에 가까웠다. 우선 신장이 대한민국 국군이 되기 위한 최소한의 규격이었으니까. 단신으로 알려진 '볼프강 아마데우스 모차르트'의 키보다 조금 더 클 정도였다. 그러니까 마지막 턱걸이로 간신히 군대에 들어간 것이나 다름없었다.

당시 훈련병들에겐 모두 M-1소총이 지급되었다. M-1소총이 본래 2차 대전 당시 미군의 체격 조건에 맞게 만들어진 총기라 단신인 한국군에겐 적절치 않았는데, 특히 내겐 황소 뒷다리만 한 M-1소총을 들고 총검술 훈련을 받자니 다루기가 너무나 힘에 버거웠다. 총기의 무게가 4.3kg이라고 하는데 무겁기도 하였고, 과장된 표현이긴 하지만 총을 어깨에 메면 총신이 땅에 끌릴 정도였다. 그에 비해 카빈 소총은 가볍고 크기는 M-1보다 작아 노루 뒷다리만 했다.

완전군장을 하고 구보를 할 때면 숨이 너무나 차 매번 대열에서 가장 뒤로 처지곤 했다. 빨간 모자를 쓴 영악스런 조교가 뒤쫓아 오면서 빨리 뛰지 않는다고 연신 발길질을 해 대던 모습이 아직도 눈앞에 선하다.

제식훈련, 사격술, 행군, 각개전투, 화생방, 총검술 등 여러 훈련 과목 중 내가 가장 잘할 수 있었던 분야는 사격이었다. 100여 명의 부대원들 중 20명 남짓만이 합격하여 귀대할 때는 자동차로 편히 돌아올 수 있었다. 그러나 불합격한 대원들은 사격장에서 훈련소까지 2㎞의 구간을 거의 포복을 하다시피 하여 오느라 무릎과 팔꿈치가 까이고 근육에 알이 배겨 고통이 이만저만 아니었다. 불합격한 데 따른 혹독한 기합이었다.

내가 어렸을 때부터 운동신경이 그리 둔한 편은 아니었던 것 같다. 돌멩이를 가지고 노는 비석 치기라든가 구슬치기와 같은 손끝에 주의를 집중시켜야 하는 놀이에 비교적 강했었으니까. 마당에 눈이 녹아내리는 따뜻한 겨울날이면 동네 아이들과 어울려 구슬치기를 했는데 대충 3미터 정도 멀리 떨어져 있는 구슬도 정확히 잘 맞췄다. 그때마다 주머니 가득 구슬을 따서 돌아오곤 했는데, 허망하게도 아버지가 책상 서랍에 모아 놓은 구슬들을 뒤져 여러 차례 변소에 내다 버리곤 했다.

달리기만 하더라도 군대에서는 구보 때문에 초주검에 이르듯 한 고생을 했지만, 초등학교 시절까지만 해도 달리기를 잘해 운동회가 끝날 무렵이면 벌어지던 청백 계주 때는 매번 학년 대표 선수로 뽑히곤 했다.

출발선상에서 상체를 굽힌 채 출발신호를 기다리는 그 순간이 좋았다. 활시위를 팽팽하게 당기고 있는 화살처럼 긴장과 함께 곧 내 앞으로 내달아 올 정경들이 기다려졌다. 무한대의 시간과 공간 속으로 몸을 힘차게 날려보낼 생각에 기쁨과 함께 가슴이 마구 뛰었다. 평생을 그 기쁨으로 살아갈 수만 있다면 좋으련만···. 그래서 훗날 택한 직업이 화가의 길이고 자작나무 숲을 그리는 일이 남은 생의 과제가 되었다.

하지만 달리기와 같은 이런 스릴 넘치는 기쁨도 중학생이 되고 고등학생이 되면서 나와는 무관한 일이 되어버리고 말았다. 키가 더는 자라지 않아 체력이 뒷받침되어 주지 못했기 때문이다. 고교 1학년 때는 전차의 손잡이가 쉽게 잡히질 않아 남달리 고생을 했는데, 특히 전차가 청량리를 출발하여 제기동 구간을 지날 때면 고르지 않은 노면 때문에 좌우로 심하게 흔들려 꽤나 애를 먹던 일이 기억난다.

어처구니없게도 컨디션이 좋지 않은 날에는 전차를 타

고서도 곧잘 멀미를 하곤 했는데, 그럴 때면 공중변소가 있는 동대문에서 전차를 내려 볼일을 보곤 했다. 요즘의 수세식과는 달리 푸세식이어서 묵은지같이 곰삭은 냄새가 변소간을 진동했다. 둘러보면 벽면엔 커닝페이퍼보다 더 촘촘하게 다양한 필기구로 낙서를 해 놓았는데, 사람들이 변소에 앉아 변만 본 것이 아니라 기상천외한 상상들도 함께 쏟아 내놓곤 했다.

한편으론 등하교 시 자리에 앉은 학생과 서 있는 학생들 사이에 서로 경쟁적으로 책가방을 받아 주던 모습이 아름다운 추억으로 남아 있는데, 나의 무거운 가방을 받아 굳이 자신의 좁은 무릎 위에 올려놓던 단발머리의 여학생이 잊히지 않는다.

되돌아보면 당시 검은 교복을 입고 생활하던 우리들은 서울에서 가장 멋진 신사와 멋진 숙녀들이었던 것 같다. 남녀 내외가 비교적 심했던 옛날이지만 여학생, 남학생들이 버스나 전차에서만은 거리낌 없이 책가방을 받아 주는 일에 매우 헌신적이었다. 요즘도 만원 지하철에서 가방을 서로 받아 주곤 하는지, 과거란 마치 객석에 앉아 나와 무관한 연극배우들의 열연을 관람하는 것만 같아 아름답다.

그렇게 6주간의 신병교육을 무사히 마치고 나는 자대로 배치되었다. 명령지를 받고 나니 뜻밖에도 전방이 아닌 서울 영등포구 문래동에 있는 6관구 사령부여서 환호했다. 후에 알아보니 미술대학을 다녔으니 글씨를 잘 쓸 수 있을 것이고 나아가 당연히 차트도 잘 만들 수 있으리란 이유로 차트병에 차출되었다는 것이다. 그림을 잘 그린다는 것과 글씨를 잘 쓴다는 것과는 그리 연관성이 없음에도 불구하고 사람들은 그림을 그린다면 으레 글씨도 잘 쓸 수 있을 것이라는 생각을 하는 것 같다.

선을 한 가닥 그어도 역시 미술을 해서 그런지 반듯하게 잘 긋는다는 것이다. 하기야 한자 같은 경우에는 그 자체가 상형이니 상하좌우의 균형과 조화를 헤아릴 수 있는 조형 감각이 필요하기도 할 것이다. 그러니 글씨를 쓰는 서예가들이 주로 사군자라든가 문인화류의 그림을 그리는 것을 보면 그런 이야기가 나올 법도 하다.

어두운 밤 기적 소리와 함께 이등병 계급장을 단 수많은 어릿 군상들이 자신들이 올라야 할 열차를 타기 위해 더블백을 메고 우왕좌왕 몰려다니던 그때의 쓸쓸하고 공허하던 원주역 플랫폼에서의 모습들이 잊히지 않는다. 그날 밤 전우들은 그렇게 각기 전방으로, 후방으로, 후반기 교육대로 뿔뿔이 흩어졌다.

나는 영등포구 문래동에 있는 6관구 사령부 내의 학도부로 배치받았다. 학도부의 업무는 서울을 비롯한 경기 강원 지역 대학의 ROTC 및 학도군사훈련 교육 업무를 관장하는 곳이었다. 그때 서울대가 101학군단, 고려대가 102학군단, 성균관대학이 103학군단, 연세대학이 107학군단, 한양대학이 113학군단이란 부대 명칭을 갖고 있던 것으로 기억된다.

주로 차트 업무만을 맡고 있는 나의 사수 격인 고참 김병장은 제대를 불과 한 달 정도만을 남겨 두고 있는 상태여서 신참 조수인 나에게 차트 업무를 하루라도 빨리 떠넘기려 부지런을 떨었다. 주로 모조지 전지에다 매직이나 그리스펜 또는 사인펜으로 참모 회의 때 브리핑할 내용들을 보기 좋게 정서하는 일이었다.

때로는 슬라이드 필름을 만들어 브리핑하는 경우도 있었는데, 필름이란 다름 아닌 A4용지만 한 투명 판유리에 먹물을 찍은 지펜으로 글씨를 쓴 유리판이었다. 한 획

한 획을 일일이 자를 대고 반듯하게 써야 했기에 많은 시간이 소요되었다. 때로는 멋을 부리기 위해 유리판에 빨강, 파랑, 노랑 등 색색의 셀로판지를 씌워 디자인하기도 했다.

 모양 좋은 차트를 만들기 위한 기술적 고충뿐만 아니라 차트 업무는 주로 하루 업무 마감 후라든가, 주말, 월말, 연말 업무 마감 후에 주어지기 때문에 일과를 끝내고 남들이 자유 시간을 누릴 때면 나는 뼈 빠지게 야근을 해 가며 주어진 임무를 마쳐야 했다. 그래서 정기 휴가라든가, 주말에 주어지는 외출 외박도 여차하면 찾아 먹지 못하는 경우가 허다했다.

 군 생활이 지루하고 고달플 때면 별향과 함께 보낸 짧지만 날카롭던 지난날들을 회상하곤 했다. 마침 입대할 때 잊지 않고 챙겨 온 별향의 사진이 있어 틈만 나면 보고 또 보았다. 흑백사진이었다. 창덕궁 돈화문 앞 민충정공 동상을 배경으로 하여 늘씬한 포즈로 카메라를 응시하던 별향의 모습이 잊히지 않는다. 별향의 나이 열아홉이었다.

 흥미로운 것은 당시 별향이가 나를 만날 때면 주로 운

동화를 신었었는데 간혹 하이힐을 신고 거리를 거닐 때면 '또각또각'하는 발자국 소리가 아주 자극적으로 들려오곤 했다.

종로에서 만나 걸을 때였다. 지금은 지하철로 바뀌어 거리 모습이 시원하고 깨끗해졌지만 60년대 말까지만 해도 종로 거리엔 전차가 다니곤 했다. 비 오는 날이면 흑백영화의 장면처럼 우울해 보이던 전차에 대한 추억이 잔상으로 남아 있다.

전차 내부에는 주로 명랑과 같은 두통약이나 판피린, 해님이 주신 선물 롯데껌, 대성학원, 양명학원, EMI 등 입시학원 광고들이 부착되어 있었다. 더러는 산아제한 공익광고지가 부착되어 있기도 했는데 '둘만 낳아 잘 기르자'거나 '무턱대고 낳다 보면 거지꼴을 못 면한다'와 같은 꽤나 유머러스하면서 자극적인 문구도 있었다.

그러고 보면 그때나 지금이나 사람들 사는 모습은 별반 차이가 없어 보였다. 살아간다는 것은 치열한 경쟁의 연속이었다. 당시 고3생들 사이에서는 3당4락이란 말이 유행이었는데, 하루에 세 시간 자면 붙고 네 시간 자면 대학에 떨어진다는 것이었다.

빗물에 번쩍이던 철로, 전차가 멈추면 뒤따르던 모든 차량들이 일제히 멈춰 서던 모습, 때론 무질서했지만 약자 먼저, 전차 먼저의 거리 질서를 지키며 돌아가던 풋풋한 분위기의 서울이었다. 특히 혜화동 로터리의 꽃 터널을 지나던 전차와 도시 특유의 무채색 풍경과 함께 화신 앞을 지나던 전차, 서울의 유서 깊은 멋을 보여 주는 중앙우체국, 한국은행, 신세계, 남대문 앞 거리를 지나던 전차의 모습이 60년대의 회상을 깊게 해 주고 있다.

당시 고등학생들 사이에선 새로 나온 우표를 사 모으는 것이 유행처럼 되어 있었다. 나도 우표를 모으는 취미가 좋아 일주일에 한 차례씩 토요일 수업이 끝나면 중앙우체국을 찾아 새로 나온 우표가 없는가 찾곤 했었다. 이상한 것은 새 우표보다는 소인이 찍힌 우표가 나중에 더 쳐 준다는 것이었다. 외국 우표를 모으려 프랑스 아이 스페인 아이와 펜팔을 맺곤 했었다.

우연히 별향이를 종로에서 만나 같이 걷기 시작한 지 채 오 분도 되지 않아, 모르핀 주사라도 맞은 듯 정신이 혼미해 왔다. 뒷굽 높은 하이힐을 신은 별향에게서 전에 없이 짙은 여성성이 느껴져서였다. 조금 과장된 표현이긴 하지만 화신백화점 앞 건널목 신호등이 잘 보이지 않는 거였다. 빨간불인 듯, 파란불인 듯 멍하니 계산 없이 서 있는데 '오빠, 뭐 해요. 건너지 않고…' 하면서 나의 팔을 낚아채듯 잡아끌고 뛰는 바람에야 비로소 신호등이 바뀐 줄을 알았다.

별향이가 나와 만날 때는 항상 실내화 같은 굽 낮은 운동화 차림이었는데 그날 우연히 종로 거리에서 만났을 때는 하이힐을 신고 있었다. 하이힐을 신은 별향이가 얼마나 낯설어 보이던지, 서늘함이 마치 금성에서라도 온 여자 같아 보였다. 학원 수강을 끝내고 집으로 돌아가는 길이라 했다.

밤늦은 시간까지 야근한 후 내무반에 올라가면 어떤 날에는 불침번이라든가 외곽 보초 순번도 기다리고 있어 차트병 생활이 이래저래 만만치 않게 고달팠다. 보초를 서다 말고 울타리 밖의 세상이 궁금해질 때면 돌을 받치고 올라서 울타리 너머를 내다보곤 했는데 차량도 뜸한 새벽 시간대에 인근 방림방직공장 여공들이 교대 근무를 위해 삼삼오오 거리를 지나는 모습이 눈에 띌 때면 그렇게 반가울 수 없었다.

그러한 정경이 나에게는 닫혀 있는 군 생활 동안 목격할 수 있는 몇 안 되는 신선한 풍경 중의 하나였다. 세상 사람들이 정신을 잃고 깊은 잠에 빠진 사이 맑은 의식을 지닌 채 자신의 갈 길을 걸어가는 여공들의 모습이 가슴이 저리도록 아름다웠다.

언젠가는 여공들의 지나는 모습을 그저 바라보기만 하기가 무엇해 용기를 내어 '우리 펜팔 합시다.'라고 소리를 지르다 순찰을 돌던 주번사관에게 재수 없게 걸려 그 자리서 혹독하게 쪼그려 뛰기 체벌을 받았던 적도 있었다. 때로는 지나가면서 고구마튀김 같은 맛탕이라는 군것질거리를 전해 주고 가는 마음씨 착한 여공들도 있었다. 얼마나 고맙던지. 그 마음씨 착한 여공들을 남자로 변환한다면 어떤 부류의 인간일지 쉽게 상상이 가지 않았다. 공순이 공돌이라 하기엔 새벽길을 걸어가며 초병에게 보인 여공들의 인간적 깊이가 너무나 깊어 보였기에.

당시 사령부 내의 5분대기조 내무반에는 텔레비전 수상기가 있어 비상시 급히 출동해야 할 5분대기조에 걸리면 저녁 내내 내무반에서 텔레비전 드라마를 시청할 수 있었다. 제목이 《여로》였던가? 내내 어수선한 드라마 장면 중에서, 유독 한 장면이 아직도 기억에 생생히 남아 있는데 모자란 신랑 영구가 색시 태현실에게 '땍띠야, 땍띠야, 나 좀 봐라!' 하면서 희극적, 비극적 상황을 동시다발적으로 연출하던 탤런트 장욱제의 독특한 연기가 아주 흥미로웠다.

무료해질 만하면 방림방직 공장의 치마 입은 아가씨들이 떼를 지어 물밀듯 지나가던 문래동 거리에서의 화려한 군 생활도 1년 남짓이 되었을까? 내가 근무하는 학도부가 남한산성 자락에 있는 육군종합행정학교로 예속된다 하여 몹시 서운했다.

흔히 6관구 사령부 하면 제2의 육군본부라 할 정도로 근무여건이 좋은 곳으로 정평이 나 있었는데, 앞으로 학도부가 육군종합행정학교로 편입된다면 그곳은 교육기관이기에 군기가 세어 아무래도 졸병 생활하기가 몹시 고달플 것이란 생각이 들었다.

부처의 사무 집기 등은 트럭 다섯 대에 나누어 싣고, 부장 이하 보좌관, 과장, 선임하사와 나를 포함한 사병 3명은 지프에 분승하여 영등포를 떠나 목적지를 향해 출발했다.

헌병 지프차의 칸보이를 받으며 마치 강원도 시골길인 양 먼지 몹시 날리는 한강변 말죽거리를 지나 행정학교가 있는 성남 방향으로 어느 만큼 달려가니, 육중한 울타리에 감시탑이 여기저기 솟아 있는 남한산성 육군 교도소가 나타났고 왼쪽으로 우회하여 잠시 더 달리니 목적지인 육군종합행정학교가 나타났다. 주위에 민가라고는 한 채도 보이지 않는 그야말로 삭막한 환경이었다. 육군 종합행정학교는 명칭이 말해 주듯 헌병, 경리, 부관, 정훈병과의 장교 및 하사관과 병을 다양하게 교육하는 후반기 교육부대다.

자유인으로서 느낄 수 있는 삶의 성취감이 도덕적 무애의 자각과 그러한 깨우침을 최대한 실현함으로써 얻는 희열이라 한다면 조직인으로서의 성취감이란 다름 아닌 승진일 것이다. 특히 어느 사회보다 계급적 서열이 다층적이고 엄격한 군 사회에서는 더욱 그렇다. 훈련병에서 작대기 하나인 이등병 계급장을 달았을 때의 기쁨이 그렇고, 이등병에서 작대기 두 개인 일병 계급장을 달았을 때의 기쁨은 물론 이등병 진급 때보다 더 크다. 짬밥을 먹어 제법 군인다운 군인이 되었다는 자긍심 같은 것과 함께 말이다. 그러니 대령에서 별자리로 승진한 사람의 기쁨은 더 말할 나위가 없을 것이다.

어쩌면 조직 생활에서 오는 육체적 · 정신적 고달픔은 진급에 대한 희망 하나로 견뎌 낼 수 있는 것인지 모르겠다. 하지만 아쉽게도 나는 대한민국 졸병이라면 누구나 거의 99% 진급하게 되어 있는, 소위 졸병 사회의 스타라 할 수 있는 병장 진급에 실패하였다.

상병 진급 이후 달이 바뀌고 해가 바뀌어도 더 이상 진급이 되지 않는 것이다. 이제나저제나 하면서 인사과에서 날아오는 명령지를 아무리 살펴보아도 매번 진급자 명단에서 나의 이름이 누락되어 있는 것이다. 솔직히 동료들이 병장 계급장을 달고 다니는 것을 보면 부럽기도 했고 한편으론 시쳇말로 몹시 쪽팔리기도 했다.

사실인지 아닌지는 모르겠으나 후에 들은 얘기로는 인사과 선임하사에게 '한산도'라든가 '거북선', '단오' 등 담배 보루를 선물하지 않아 그 지경이 됐다는 것이다. 그 이야기를 듣는 순간 세상살이가 얼마나 놀랍고 수치스럽고 당황스럽던지. 대령에서 별자리로 진급을 하는 것도 아니고, 의무병으로서 상병이 병장 되는 데 무슨 로비 활동이 필요하며 뇌물이 필요할 것인가 하고 말이다.

담배 얘기가 나왔지만 당시 새로 나온 한산도라든가 거북선, 단오 등을 사 들고서는 같은 값이면 다홍치마라고 따분한 삶의 기분을 쾌적하게 쇄신하는 디자인의 중요성을 새삼 실감했다. 종전의 아리랑이나, 백조, 새마을, 파고다, 태양, 은하수, 상록수 등 칙칙한 골방 냄새를 풍기던 담뱃갑과는 느낌이 크게 차이 났다.

어쨌든 75년 여름, 대학 다닐 때 받은 2년간의 교련 수업 혜택을 적용받아 34개월 만에 나는 군을 만기 제대했다.

군 생활 중 잊히지 않는 인상 깊던 일은, 어느 날 어머님을 모시고 나를 면회 왔던 삼선교 친구 윤식이의 모습이었다. 그는 R.O.T.C 출신 장교로 임관했는데 누군가 면회를 왔다고 하여 위병소로 달려갔더니 소위 계급장을 달고 있는 깔끔한 윤식이가 어머니와 함께 서 있는 것이었다. 습관적으로 경례를 붙이고 상관에 대한 존대어가 입에서 마구 나오려고 했었다.

17
제대 후 첫 자유 공간,
주문진 부두

 내가 군 복무하는 사이 집에는 변화가 있었다. 아버지가 동해안에 있는 주문진수산고등학교로 발령을 받아 집을 이사한 것이다. 김화 와수리에 근무하는 6년간 아버지는 지역에 큰일을 한 가지 남기셨는데, 그전까지만 해도 김화에는 고등학교가 없어 중학교 졸업 후 고등학교엘 가기 위해선 김화에서 30킬로 떨어진 갈말의 신철원농업고등학교로 진학을 해야 했다. 지역사회의 이런 불편을 해소하고자 고등학교 설립을 위해 동분서주 노력하신 것이다.

 마침 당시 대기업으로 성장한 삼양라면 전중윤 회장의 고향이 김화라 아버님은 전 회장을 찾아가 지역사회의 애로 사항을 설명한 후, 김화에 고등학교를 설립하려는데 도움을 주었으면 한다면서 지원을 요청했었다. 일이 잘 풀리려는지 전 회장이 흔쾌히 승낙하여 아버님께서 꿈에도 그리던 김화실업고등학교 설립을 큰 어려움 없이 보게 되었다. 김화실업고등학교를 졸업하면 대부분 삼양라면에 취업하는 유리한 점을 가지고 있었는데, 살아 계시는 동안 아버님은 항시 당시의 일을 자랑스럽게 말씀하시곤 했다.

라면을 떠올리려니 하얀 사기 사발에 정성스레 담겨 김이 모락모락 오르던 손님 밥상이 눈앞에 아른거린다. 개다리소반 위에서 석양을 받은 듯 황금빛으로 빛나던 삼양라면은 요즘 말로 소확행이었다.

주문진수산고등학교는 바닷가 솔숲에 자리하고 있어 중부전선 전방에 있는 김화실업고등학교와는 달리 매우 이색적이고 낭만적으로 보였다. 솔숲 사이로 바라보이는 수평선은 누구에게도 알리고 싶지 않을 정도로 비밀스러웠다. 마치 차도르를 쓰고 있는 무슬림 여인의 눈매를 보는 것 같았다. 해가 뜰 무렵부터 해가 넘어가서까지도 수평선은 무슬림 여인의 눈매처럼 종일 서늘하고 푸른 여명 빛이었다.

나로선 구금 생활이나 다름없던 군에서 제대한 후 집

으로 돌아오니 삶이 너무나 홀가분하도록 자유로웠다. 하루하루가 목욕재계 후 내의를 새로 갈아입듯 쾌적했다. 눈만 뜨면 동네 강아지들처럼 마을을 마음껏 돌아다녔다. 그것이 군에서 제대한 후 내가 삶의 허물을 벗은 최초의 행위였다.

뒷산을 오르기도 했고 파도 소리가 듣고 싶으면 방파제 끝으로 달려가기도 했다. 뱃사람들이 붐비는 부둣가를 돌아다니기도 했다. 고기잡이배들의 퉁탕거리는 엔진 소리와 호른처럼 우아하게 들려오는 뱃고동 소리는 그동안 침체해 있던 나의 삶에 한껏 물기와 활력을 불어넣어 주었다.

가끔은 형과 자전거를 타고 부둣가로 나가 '파시'라고 하는 야릇한 이름의 2층 다방엘 들르곤 했다. '파시', 알 듯 모를 듯했다. 사전을 찾아보고 나서야 비로소 파시가 이른 아침 바다 위에서 열리는 고기잡이배와 상선 간에 어획물을 매매하는 시장이라는 것을 알았다. '파시', 누구의 아이디어일지 시골 부둣가 2층 찻집의 이름치고는 상당히 세련되었다고 생각했다.

언제나 그렇듯 형과 나는 창가에 앉아 영화음악 〈태양은 가득히〉를 신청하여 듣는 여유로움을 누렸다. 틈만 나면 형은 영화의 줄거리를 내게 들려주곤 했다. 푸른 바다와 하얀 요트 위에서 살인을 저지르고 사체를 바닷속으로 빠트리는 리플리(알랭 들롱 분)의 모습이 눈에 선하다. 가난의 열등의식으로 가득한 리플리가 자신의 출세 모습을 그리며 실천하려는 그의 허망한 믿음을 리플리 증후군이라고 한다고도 했다.

창밖 멀리 수평선 밖으로, 안으로 점점이 드나드는 어선들이 한가로워 보였다. 갈매기들이 나는 평화롭고 미니멀한 바다 풍경이었다. 세상의 크고 작은 모든 사물 속에는 각기 저마다의 심장을 가지고 있어 사물을 응시할 때면 그들의 심장이 나의 가슴까지 달려와 파동 치는 것 같았다. 바다를 응시할 때면 수평선과 나의 심장이 하나가 되어 출렁거리는 것이었다. 그럴 때면 심장의 압박감 때문에 몹시 견디기 어려웠다.

18
별향의 결혼

군에서 제대한 가을 2학기가 되어 3학년에 복학했다. 그사이 학교에도 변화가 있어 법대 앞 연건동에 있던 미대 캠퍼스는 성북구 공릉동에 있는 공대 건물 일부를 빌려 이사했다. 오랜만에 대학 캠퍼스를 거니는 기분이 설레었다. 가슴이 트일 듯 넓어 보이는 캠퍼스는 양심과 진리의 빛으로 가득해 보였다. 이제 세상은 내가 바라보는 방향으로 강물처럼 도도히 힘차게 흘러갈 것이다.

등록하고 나니 이미 나보다 앞서 1학기 때 복학한 창수와 태열이가 나를 반겼다.

"야, 윤복이 오랜만이로구나. 서울 인근에서 근무했다는 소식을 들어서 그런지 별로 고생한 것 같지 않구나. 혹시 방위병 다녀온 거 아니야?"

태열이가 특유의 유머러스한 재담으로 말문을 열었다.

"말도 마라. 차트병 생활을 하느라 잠도 부족했지. 쉬지도 못하고 뼈 빠지게 고생만 했다. 그나저나 너희들은 차트 안 했냐?"

우리는 반가운 마음에 군에서 있었던 일들에 관해 얘기를 나누느라 시간 가는 줄을 몰랐다.

"그래, 거처는 정해졌냐? 홍제동 집은 팔렸다면서?"

창수가 뼈대에 점토를 붙이다 말고 궁금해하며 물었다. 여인 입상을 제작 중이었다.

"응, 옛날 시골 중학 동창을 만났는데 수유리에 방을 얻어 자취하고 있다는 거야. 그래서 그 친구와 함께 자취를 하기로 했지. K고등학교 나온 친군데 공부를 잘해 서울법대를 응시했지만 아쉽게도 뜻을 이루진 못했어. 법대 합격은 학교 석차와도 그리 관련이 없는 모양이야. 참 아까운 녀석인데…. 중학교 다닐 때 시험 기간이면 호롱불을 들고 친구 집을 돌아가면서 밤늦게까지 공부하곤 했었지…."

적당히 얘기를 끝내고 나는 동양화 실기실로 올라와 화판에 화선지를 붙인 후 그림을 그리기 시작했다. 오랜만에 먹을 갈아 붓을 잡으려니 손이 떨리고 필획이 잘 그어지지 않았다. 군에 가기 전엔 주로 인물화를 그렸었는데 복학하고 나선 산수화를 많이 그렸다. 자연을 소재로 하여 그림을 그리고 싶었기 때문이다. 자연성에 가까이 접근하려는 노력이 삶의 자연스러운 향방이고 생명붙이들의 진솔한 흐름이 아닐까 하는 생각이었다.

평생 사람들과의 사이에서 일어나는 갈등을 고민하고 해소하는 일도 삶의 중요한 화두이기는 하지만, 나로선 사람과의 갈등 문제로 생을 고민하기에는 왠지 삶 자체가 누추하게 여겨졌고 나아가 그런 일에 매달리기에는 주어진 시간이 너무나 아깝다는 생각이 들었다. 그러니까 자연성을 닮으려는 시도가 무엇보다 중요했고 그러한 삶의 궤적을 그림으로 드러내는 작업이야말로 내가 해야 할 일이라 생각했다. 그래서 나는 시간만 나면 주로 산수도를 연마했다.

4학년이 되면서 공릉동에 있던 미술대학은 다른 단과대학들과 마찬가지로 새로 마련된 관악산 캠퍼스로 이사했다. 그리고 같은 예능 분야이면서 을지로에 홀로 떨어져 있던 음악대학도 관악산으로 이사하여 미술대학 건물 맞은편에 자리 잡았다.

가슴 깊은 곳의 횡격막을 울리듯, 이른 아침 등굣길에 들려오는 트럼펫의 아득하면서도 슬픈 메탈 음이 좋았다. 그런가 하면 《오페라의 유령》처럼 소프라노음이 느닷없이 소스라쳐 나의 간담을 서늘케 했는데, 음악을 좋아하는 나로서 미술대학이 음악대학과 마주 보고 있다는 현실은 큰 축복이었다.

어느덧 관악산에서의 4학년 1년도 다 지나갔다. 4년간의 학사 과정을 모두 마친 후 졸업식이 있었으나 유감스럽게도 나는 졸업식 행사엘 참석하지 못했다. 이수해야 할 학점 미달 때문이었다.

위안을 삼자면 자유를 찾아 헤맨 결과였으나 실은 과대망상증으로 인한 학업 등한시 때문이었다. 독일어가 펑크가 나 한 학기를 더 등록하고 나서야 8월에 졸업을 할 수 있었다. 고교 시절엔 대학에 입학해야 한다는 강

박감 때문에 스스로를 통제하며 공부에만 매달렸었는데, 대학에 진학한 후론 더 이상의 입시는 없어 학업에 소홀했었다.

하지만 대학 시절 꿈에도 그리던 자유로운 삶을 50 가까운 나이에 강원도 인제 골짝에 들어와 비로소 한 점 미련 없이 구가하고 있는 것이다.

대학 졸업 후 20대 후반의 나이에 이르러 취업만큼이나 가슴 절절히 다가왔던 문제는 무엇보다 여자였다. 여자가 하나 있었으면 하는 바람이었다. 사랑하는 여자만 있으면 순풍에 돛 단 듯 삶이 잘 풀려 나갈 수 있을 것만 같았다. 눈이 내리는 겨울이면 털실로 짠 머플러를 칭칭 목에 두르고 무작정 거리를 함께 걷고 싶었다.

하지만 그렇지 못한 지금, 거리에서 젊은 여자들이 하나씩 둘씩 지나칠 때면 여자와의 인연이 점점 멀어져 가는 것만 같았다. 지나쳐 간 저 여자는 다시 걸음을 되돌려 이쪽으로 오진 않겠지 하는 아쉬움과 함께 초조감 같은 것이 들기도 했다. 이럴 때 별향이가 곁에 있다면 얼마나 좋을까? 문득 정릉천 변을 따라 새벽안개 속을 한참이나 헤매던 오래전의 추억이 떠올랐다.

하지만 별향이는 이미 내가 군에 다녀와 복학하던 지난해에 결혼했다. 동철이가 자기 여동생이 결혼한다고 알려 와 을지로에 있는 미도예식장엘 다녀왔었다. 별향이가 대학을 졸업하던 해에 일찍이 결혼식을 올린 것이다. 예상보다 너무나 이른 결혼이었다. 시간도 많이 흘렀고 별향이에 대한 생각을 체념에 가까울 정도로 모두 정리한 후였기에 담담한 마음으로 신부 입장을 바라볼 수 있었다. 흰 프리지어 같은 드레스가 마치 아름다운 천의처럼 느껴졌다.

첫 키스 때 천애의 벼랑 아래로 떨어져 내리던 그 고통이 떠올랐다. 천의를 감은 몸으로 심해 속에서 나를 향해 무심히 손짓하던 그 모습이 떠올랐다. 웃음을 흘리는 기녀도와는 달리 결혼식 날 별향이는 화첩 속의 미인도처럼 앞만을 응시할 뿐 웃지를 않았다.

19
40년 만에 걸려 온 전화

 창밖으론 속절없이 노루의 울음소리가 자주 들려온다. 가을이 깊어 가고 있다는 증거다. 농묵을 잔뜩 묻힌 상태에서 붓을 여러 차례 휘둘러 보았으나 매번 실패했다. 운필을 의식해서였는지 자작나무의 기운이 산만하게 흩어져 보인다. 무아의 상태에 들지 않고서는 나를 자연의 질서에 편입시킬 수 없다.

 산이라든가 바다 등 다양한 소재의 풍경을 그리고 있지만 자작나무 숲을 그릴 때면 마음이 깊은 위로를 얻는다. 아마도 예전 별향이와 사랑을 나눌 때 새벽에 걷던 북한산 자락의 자작나무 숲길에 대한 추억 때문일 것이다. 자작나무 숲을 바라볼 때면 눈이 멀 것도 같고, 눈먼 자라면 눈이 뜨일 것도 같은 예지로운 기운을 느낄 것 같다. 자작나무 숲, 어쩌면 백색 오르가슴과도 같은 찬란

한 빛의 세계다.

한참 그림을 그리고 있는데 갑자기 '울룰룰루…' 하며 우울한 단조음의 디지털 전화벨 소리가 울렸다. 수화기를 들었다.

"혹시 신윤복 화백님 아니세요?"

낯선 여자의 음성이 수화기 저쪽 너머로부터 들려왔다.

"그렇습니다만…."

잠시 무거운 침묵이 흐른 후 여자는 다시 말을 이었다. 마침 아내는 외출 중이었다.

"세월이 참 많이 흘렀네요…. 혹시 저 누군지 아시겠어요?"

"글쎄요. 누구실지…."

인제에 들어온 지도 10년이 넘었고, 그동안 사람들 접촉이라곤 거의 없는 상태. 더욱이 중년 정도 되어 보이는 아주머니를 알 만한 일이라곤 전혀 없는 상태다.

"저, 별향이에요."

"은별향?"

너무나 뜻밖의 일이라 갑자기 머리를 한 차례 얻어맞은 기분이었다.

"은동철이 동생 별향이 말인가요?"

"네, 맞아요. 얼마 전 신문에 난 전시 기사를 읽었어요."

"아, 그랬군요. 제가 히말라야 라다크에 다녀와 인사동 마운트 갤러리에서 전시를 했지요."

얼마나 오랫동안 가슴속에 묻어 두었던 기억들인가. 스물두 살…. 발화 지점을 알 수 없는 불길로 인해 별향과 함께 하얀 화염 속에서 하염없이 헤매던 젊은 날의 추억들이 빠른 속도로 머리를 스치고 지나갔다.

별향은 말을 계속해서 이었다.

"그 이후로 홈페이지에도 매일 들어와 봤고…. 그래서 어떻게 지내시는지는 잘 알고 있어요. 전 잡지사에 근무하고 있어요."

"그랬군요. 잡지사에 근무한다는 건 이미 전부터 잘 알고 있었지요. 실은 그쪽 결혼식 때도 다녀왔었는데…. 그렇게까지는 기억 못 하시겠죠? 신부 입장을 하느라 경황이 없었을 테고, 더군다나 30년이나 지난 오래전의 일이라…."

"왜요, 제 결혼식 때 다녀간 것 알고 있지요. 하객석에 앉아 있던 모습이 뚜렷이 기억되고요, 출입문 좌측이었지요. 그나저나 이렇게 음성을 듣고 나니 갑자기 보고 싶은 마음이 봇물 터지듯 하네요. 어쩌면 좋지요? 호호호…. 불편하지 않다면 한번 만났으면 좋겠어요."

한번 만났으면 좋겠다는 갑작스러운 별향의 제의에 가

슴이 뛰면서 뭐라 답변을 해야 좋을지 몰랐다. 나는 잠시 가슴을 진정시킨 후 말을 이었다.

"아, 나도 역시 한번 만나 보고 싶네요. 그동안 별향 씨가 어떻게 변했을지…."

실은 내가 먼저 하고 싶은 말이었다. 창밖으론 첫눈 내린 설악산 정상이 가리봉을 젖히고 가까이 다가와 보인다. 별향, 그동안 살아오면서 삶이 흐트러질 때마다 하늘 끝 멀리 어디쯤에선가 손짓할 것만 같은 첫사랑이 아니던가? 그 사랑이 지금 나의 귀에 환청같이 나직한 음성으로 다가오고 있는 것이다.

"요즘 그곳 날씨 어때요? 서울은 가을 기운이 완연한데…."

수화기 속에선 상대방에 대한 배려와 안정감을 안겨 줄 듯 차분한 중년 여인 별향의 음성이 들려왔다. 다소 허스키하면서도 귀에 익은 듯, 그처럼 옛날의 낭랑하고 맑던 음성은 아니었다.

"이곳엔 아침이면 살얼음이 얼어 있곤 해요. 단풍은 거의 다 진 상태고, 대신 전나무 숲이 노랗게 물들어 만추의 깊이를 더해 주고 있지요."

"그래요? 잡지사가 있는 대학로 거리엔 지금 가로수 잎들이 지고 있어요. 거리가 좀 을씨년스럽다고나 할까? 쓸쓸하기까지도 하고요…. 음, 돌아오는 토요일 어떻겠어요?"

"아, 좋지요. 근데 어디쯤이 좋을까? 산속에서만 지내려니 답답하기도 하고…."

전화를 받으면서도 바람이 불어 낙엽 구르는 소리가 요란해진다거나 개 짖는 소리가 들려올 때면 창밖으로 고개가 자주 돌려졌다. 별향의 음성이 다시 이어졌다.

"바다가 어떨까요? 서울을 많이 벗어나고 싶은데…."

"그래요? 그럼 잘됐네요. 동해안으로 오시죠. 양양 바닷가에 경관 좋은 리조트 시설이 들어섰다는데 바닷바람도 쏘일 겸 그곳에서 만나는 게 어떨지…. 블루드림이라고 들어 보셨나요?"

"블루드림? 처음 들어 보는 곳인데요."

"나도 근처에 살면서 얘기만 들었지 아직 가 보진 못했거든요. 스페인풍의 리조트 시설이라는데 아마도 서울서 3시간 정도는 걸릴 거예요."

"그곳이 좋겠네요. 그런데… 걱정되네요."

"네? 갑자기 무슨…."

"헤어진 지 벌써 수십 년이 지났잖아요? 중년을 넘어선 이 나이에 실망을 시켜 드릴까 봐…."

"하하하…. 한두 살 먹은 어린아이도 아니고…. 그리고 그동안에 뭐 이쪽에선 나이를 안 먹었나요? 게다가 수염까지 멋대로 길러 놔서…. 한마디로 가관이지요. 오히려 내가 더 걱정되네요. 하지만 삶이란 무상한 것이고, 세상에 변하지 않는 것이 아무것도 없다는 것쯤은 피차 알 만큼 알고 있는 나이잖아요…. 하하하…."

"그래도 첫사랑만큼은 만나지 않는 것이 좋다고들 하던데…."

 당돌하기까지 했던 처음의 말투와는 달리 갑자기 별향의 음성이 힘없이 들려왔다.

"이렇게 보고 싶은 사람 전화 음성까지 들었는데 만나지 않을 수가 있나요? 마음 강하게 먹고 한번 만나는 거예요."

"…."

 전화기 너머에서 침묵이 흘렀다. 나는 다시 말을 이었다.

"기억하세요? 옛날 안개 자욱하던 새벽 돈암동 거리를 빠져나와 정릉계곡을 향해 걷던 일 말이에요. 그때처럼 첫 만남의 시간으로 돌아가는 거예요. 계곡 물소리 참 맑았었지요."

낙엽이 뒷산으로부터 날아와 우수수 앞마당에 쌓이고 있다.

우리는 돌아오는 금요일 오전 11시에 블루드림에서 만나기로 하고 전화를 끊었다. 전화를 끊고 난 후 잠시 마음의 갈피를 어떻게 잡아야 할지 몰랐다. 나의 작업 동선을 따라 질서정연하게 놓여 있던 화실의 모든 집기가 갑자기 흐트러져 보였다. 무엇보다 외출에서 돌아온 아내 보기가 미안했고, 징검다리를 건너듯 종일 심신의 균형을 잡기가 꽤나 힘들었다.

아내에게 다가가 평소에 하지 않던 드라마 이야기를 꺼내 보기도 했고 괜히 친정 식구들에 관한 소식을 묻곤 했다. 침묵의 시간보다 얘기하는 동안의 시간이 덜 어색할 것 같다는 생각이 들어서였다. 그날따라 평소와는 달리 밤잠도 잘 오지 않았다.

금요일 아침 일찍, 아내에게는 풍경을 그릴 소재가 마땅치 않아 스케치를 다녀오겠노라고 했다.

"이번엔 어딜 가려우?"

"철원 쪽이나 다녀와야겠어. 순담 계곡이나 고석정이 좋을 듯해…. 삼부연도 좋고. 가 본 지도 오래됐고…. 이번에 가면 갈말중학 동창들이나 만나 회포를 좀 풀어야겠어."

여행 가방에 카메라를 챙겨 넣으며 말했다.
예전과는 달리 현장 정보를 신속하고도 생생하게 스케치하는 데는 카메라만 한 도구도 없는 것 같다. 드로잉 자체에 의미를 둔다면 모를까, 단순히 그림 그리기 위한 자료 수집 활동 차원에서라면 그렇다. 그림이란 인화를 하는 것이 아니라 현장 정보를 바탕으로 하여 대상을 화가의 입맛에 따라 되새김질하는 것이니까.
으레 계절에 한두 차례쯤은 다녀오는 스케치 여행이라 아내는 별다른 얘기 없이 조심해서 다녀오라고 했다.

아침 여덟 시, 심호흡을 하려니 가슴이 상쾌해지는 게 삼림욕을 하는 기분이다. 차는 산굽이를 돌아 마을 아래로 천천히 미끄러져 내려간다. 잎이 진 자작나무들이 한껏 흰 허리를 드러내 보인다. 바람이 불 때면 능선의 낙엽송들이 우수수 황금빛 바늘잎들을 날린다.

가을이 깊다. 봄, 여름, 가을 그리고 겨울, 딱히 어느 계절을 더 좋아한다고 말할 수는 없지만, 매번 계절이 바뀔 때마다 설레는 기분, 전환기의 정서를 사랑한다. 내 젊은 날의 전환기에 찾아들었던 첫사랑의 설렘처럼 왠지 땅을 구르며 손뼉을 치며 소리를 지르며 낯선 변방을 떠돌고 싶은, 가슴 벅찬 기분이 들기 때문이다.

내린천을 따라 거슬러 오르다 하추리길을 만나 한계령 방향으로 차를 몰았다. 다른 지역 사람들은 잘 모르는 외진 뒷길이라 차량 통행이 거의 없어 호젓하기만 하다. 여기저기 산자락에는 서리가 내린 듯 억새꽃 무리들이 은은하게 빛을 산란시킨다.

깊은 숲 사이로 난 필례령 길을 오른다. 국내 여행을 많이 다녀 보았지만 이렇듯 고요하고 적막한 길은 없는 것 같다. 17년 된 구형 9인승 코란도 지프차의 엔진 소음이 각혈하듯 힘겹다. 마치 당나귀가 울부짖는 듯하여 숲의 정적을 깨트리고 있는 나 자신이 무안해진다.

5년 전 히말라야산맥 속의 라다크에서 생활할 땐 주로

당나귀를 몰고 다니면서 지냈었다. 꾀를 부리며 일하기 싫어한다는 당나귀들이 사람을 멀리할 것만 같았는데 뜻밖에도 사람을 잘 따라 주었다. 얼굴을 부벼 대며 사람과의 스킨십을 아주 좋아했다. 그리고 버티는 힘이 좋아 등에 무거운 짐을 가득 지고도 거칠고 험한 산길을 잘 다녔다.

신학교를 갓 졸업한 후 심신 수련차 라다크에 왔다는 한국의 한 젊은이는 장스카르 계곡에 자리 잡고 있는 마을에서 땅을 빌려 토마토 농사를 지었었는데, 운반 수단이라고는 당나귀밖에 없어 토마토를 수확한 후에는 당나귀 등에 싣고 시장이 있는 이웃 마을 파둠까지 싣고 다녔다고 한다. 아무리 많이 실어도 당나귀가 힘들어하는 것 같지 않기에 조금 더 실었더니 산길을 오르다 주저앉더라는 것이다. 이제는 귀국하였을 텐데 어느 곳에서 목사가 되어 목회 활동을 하고 있을지 그때 그 젊은이의 소식이 궁금하다.

애니메이션 동작처럼 다람쥐들이 서둘러 바위를 타고 오르내리는 모습이 귀엽다. 그런가 하면 돌개바람과 함께 낙엽들이 하늘 높이 날아올라 이 골짝에서 저 골짝으로 무리를 지어 날아가는 모습이 가위 장관이다. 자동차가 정상을 향해 점점 고도를 높이려니 상서로운 느낌마저 든다. 하늘이 가까워져서일 게다. 가슴을 파고드는 쓸쓸함, 적막함…. 허공을 사랑하는 자라면 숙명적으로 받아들여야 할 한 잔의 영혼(Spirits), 하늘을 사랑하는 자라면 마땅히 받아들여야 할 한 잔의 진한 영혼인 것 같다.

문득 히말라야 라다크 여행 시 세계에서 가장 높은 자동차 길인 해발 5,350m의 카르동라를 넘을 때의 기억을 떠올린다. 하늘과 가까운 그 고도를 견디기가 몹시 힘들었었다. 아무리 가까운 친구 사이라도 인생의 마지막 길까지 동행해 줄 수는 없듯 아내 역시 하늘과 마주한 존재의 고독이랄까, 쓸쓸함을 어떻게 해 주진 못했다. 이제 필례령을 넘어서게 되면 오색으로 내려가는 한계령 길을 만나게 될 것이다.

잠시 시간도 여유가 있어 차를 갓길에 주차한 후 눈을 붙였다. 갑자기 숲속으로부터 소나기 쏟아지는 소리가 들려왔다. 바람이 불어 골짜기를 힘차게 건너는 낙엽들의 아우성이었다. 마음 한편이 산란했다.

첫사랑이란 향수와 같은 것이 아닐까? 바다를 항해하는 배가 자체의 복원력 때문에 격랑을 만나서도 중심을 잡을 수 있듯, 타관의 거친 인심들 틈바구니에 살아가면서 삶이 흔들릴 때면 복원력을 잃지 않게 해 주는 마음속의 향수 같은 것 말이다.

그처럼 현실이 각박하다거나 실망스러울 때면 첫사랑은 소리 없이 찾아와 우리들의 가슴에 복원력을 불어넣어 준다. '일어서세요….'라고. 그리운 고향 없는 사람이 없듯 그리운 첫사랑 없는 사람 또한 없을 것이다.

별향은 얼마나 변했을까? 40년 가까운 세월이 흐른 후의 모습이 과연 얼마나 달라져 보일까? 솔직히 상상하기가 쉽질 않다. 다만 여러 해 전 처음 국민학교 동창생들을 모임에서 만나 적이 당황했던 경험 같은 것은 가지고 있다. 몇십 년이란 시간상의 거리도 거리려니와 공간적으로 느껴지는 거리감 같은 것을 극복하기가 더욱 어려웠다.

삼겹살 굽는 연기가 자욱한 식당 테이블에 앉아 마주한 국민학교 동창 여자아이들이 마치 맞선 보는 장소에 나온 연변이나 베트남 출신 처자들을 보듯 몹시 낯설었으니까. 물론 여자아이들은 이쪽을 바라보면서 라오스나 필리핀 총각들을 보듯 했겠지…. 아무튼 옛날 국민학교 어린 시절 순이, 옥이의 맑고 정다운 모습들은 다들 어딜 가고 낯선 여인들이 되어 앉아 있었던지, 그날 세월의 무정함에 마음이 잠시 슬펐었다.

한편 옆자리에 앉은 예전의 기억이 날 듯 말 듯한 동창 아이의 근황이 궁금하여 자네 어떻게 지내냐니까 도장을 운영한다는 것이었다. 그래서 무슨 도장이냐, 태권도장이냐, 권투도장이냐라고 다시 물었더니 팔을 크게 벌려 사람을 감싸안는 듯하며 하는 말이 무도장이라는 것이었다. 무도장? 그러니까 댄스교습소를 운영한다는 것이었다. 잠시 나는 무슨 말을 하여야 할지 몰라 빙긋이 웃고만 말았다.

호기심에 국민학교 동창 모임에서부터 대학 동창 모임에 이르기까지 두루 다 참석해 보았지만, 여러모로 불편했던 모임은 국민학교 동창 모임과 대학 동창 모임이었던 것 같다. 국민학교는 헤어진 지 너무나 오래되어 딴 나라 사람을 대하는 듯하여 불편했고, 대학 동창은 피차 같은 재주를 가지고 살아가다 보니 사회 곳곳에서 이해 문제를 가지고 만나 불편했던 경험 때문이었다.

중학 동창들은 고등학교 동창들과 겹치는 부분이 많으니 하나 마나 한 동창회인 것 같고, 그래서 이래저래 마음 터놓고 얘기를 편히 나눌 수 있는 동창회가 고등학교 동창 모임이었던 것 같다.

지금 시각은 8시 40분, 별향이를 11시에 만나기로 했으니 시간은 넉넉하다. 쉬지 않고 달린다면 이곳에서 블루드림까지 40분 정도면 갈 수 있을 것이다. 도로변 주차 공간에 차를 세운 후 좌석을 뒤로 젖혀 휴식을 취한다. 또다시 옛 추억에 잠겨 본다.

별향이가 와수리 집으로 떠나는 나를 배웅하기 위해 마장동 시외버스터미널까지 따라왔다가 출발하려는 버스에 불쑥 올라타 나와 함께 예정에도 없던 시골 우리 집까지 방문했던 일, 그리고 그날로 집으로 돌아가야 한다 하여 다시 서울행 막차를 타고 와수리를 떠나 별향을 돈암동 집까지 바래다주었던 일…. 이 모든 일들이 무성영화의 흑백 필름처럼 지나간다.

20
와수리에서의 추억

그때가 아마도 날씨 화창한 일요일 오전이었을 게다. 간접 조명이 은은한 돈암동 네거리 2층 은하다방에서 별향을 만났었다. 와수리를 다녀오기 전에 만나기 위해서였다. 당시엔 하루라도 보지 않으면 일이 손에 잡히지 않을 정도였다.

"오빠, 와수리엘 가려면 버스를 어디서 타야 해?"

"마장동에서 출발하지. 작년까지만 해도 종로 5가에서 출발했었는데…. 그나저나 별향아, 한창 입시 준비에 여념이 없어야 할 수험생이 나를 이렇게 자주 만나도 되는지 모르겠네? 엊그제도 만났었잖아…."

"몰라, 오빠를 만나고 나서 공부가 더 잘되는 것도 같고, 잘 안되는 것도 같고…. 호호…. 아무렴 좋아, 이제 더운 여름이 물러가고 나면 바짝 붙어서 공부에 매달릴 거야."

"알고 있긴 하군. 별향아, 아무튼 너는 입시 준비생이란 걸 항상 잊어서는 안 돼. 만일 내년 대학 입시에 또다시 실패라도 한다면 나에게 쏠리는 집안의 눈초리를 어떻게 감당할까? 특히 어머니와 큰 누나의 실망스런 눈빛…."

스피커에서는 비틀즈의 노래가 흘러나왔다. 비틀즈의 노래는 공격적이지 않아 좋다. 어쩐지 나르시시즘에 들게 하는 나른한 느낌 같은 것이 들었다. 내가 친구들에 비해 현실감각이 뒤져 유행가라고는 펄시스터즈의 〈님아〉 말고는 비틀즈의 노래 정도였다.

하지만 비틀즈의 멤버가 어떻게 구성되어 있는지 그들이 취입한 노래는 몇 곡이나 되는지는 자세히 몰랐다. 그저 그들이 머리를 산발한 영국 출신의 청년 록밴드라는 것과 존 레넌, 폴 매카트니, 조지 해리슨, 링고스타가 4인조 멤버를 구성하고 있다는 것 정도였다. 그리고 취입곡 중 〈Yesterday〉나 〈Hey Jude〉가 가장 대중적이고 호소력이 있다는 것 정도쯤을 알고 있었다.

특히 멤버 중 누구의 목소리일지 시종일관 들려오는 갓난아이의 배냇음 같은 것이 듣기 좋았는데 남녀 양성을 초월하는 소리였다. 아주 순하게 때로는 그악스럽게 들리는 그 소리가 삶의 긴장을 부드럽게 풀어 주는 것이었다.

앞서 펄시스터즈 얘기가 나왔지만, 펄시스터즈는 당시 젊은이들에겐 대단히 인기 있는 국내 여성 듀오 그룹이었다. 그때껏 대중가요 가수 하면 이미자라든가 박재란, 나훈아처럼 막 서울역 개찰구를 빠져나온 듯한 시골 이미지의 가수들이 대부분이었는데 그녀들은 그렇지 않았다. 언니나 동생 다 같이 도회적이면서도 신선한 인텔리겐차풍의 연예인이었다.

그 외에도 그녀들에게 인기를 끌 만한 매력이 있었다면 얘기들을 하진 않았지만 아마도 그녀들의 섹시한 음색 때문이었을 것 같다. 다년간 연마한 전문 가수의 세련된 창법이 아닌 그저 동네 이웃집 여자들이 지니고 있는 끈끈한 음색 같은 것 말이다. 일종의 관음증 취향을 자극하는 듯한 창법이었다.

부드럽게 생긴 쪽이 언니고 지적으로 생긴 쪽이 동생이라 했다. 선데이서울이나 레이디경향 같은 주간지에서는 한 주일이 멀다 하고 스타일리시한 판탈롱 차림의 사진과 함께 심지어는 그녀들의 잠자는 습관이라든가, 좋아하는 음식, 이상형 남자 따위와 같은 시시콜콜한 내용들을 다루곤 했다.

당대의 톱스타답지 않게 그녀들이 바라는 남성상이란 지극히 평범한 것이었는데 자신만을 사랑해 주는 성실한 남자라면 OK라는 것, 게다가 많은 남성들의 가슴에 희망을 심어 주는 발언은 남자의 학벌이나 재산, 외모 따위는 따지지 않는다는 것이었다. 가만히 보면 잊힐 만하면 간헐적으로 터져 나오는 미녀들의 이런 유의 솔직치 못한 발언이 어수룩한 남자들이 자신들의 주제를 제대로 파악하는 데 적지 않은 장애가 되어 주고 있었다는 생각이다.

다방 창문의 커튼을 걷고 내다본 돈암동 거리의 풍경은 주말이라 평소보다 차량 통행이 한산했다. 서울의 남쪽에는 회현동 주택가가 자리 잡고 있었고, 북쪽에는 고풍스러운 돈암동 주택가가 있었다. 특히 돈암동 일대는 경제적 여유와 지적 깊이가 느껴지는 세련된 주택들이 많아 거닐다 보면 마음이 차분해지는 듯했다. 정숙한 페이브먼트를 따라 늘어선 시멘트 담장과 장미 덩굴 그리고 대문 안으로 보이는 측백나무는 이곳이 서울 중산층이 모여 사는 주택가임을 한눈에 알게 해 주었다.

거리에는 자동차들의 경쾌한 경적음이 들려왔고, 사람들은 바쁜 걸음으로 어딘가를 향하고 있었다.

"별향아, 인제 그만 일어나 볼까?"

"응, 버스 타는 마장동까지 내가 바래다줄게."

"아이구, 고마워라. 귀하신 몸이 몸소…."

우리는 자리에서 일어나 서둘러 다방을 빠져나왔다. 그리고는 답십리행 시내버스를 타고 마장동 방향으로 향했다. 토요일이라 거리는 평소보다 한산했다.

운전석 쪽 라디오에서는 나훈아의 〈고향 열차〉가 흘러

나왔다. 그의 창법은 마치 시골 총각이 나무를 하다 말고 지게 목발을 두드리는 듯해 무척이나 흥미로웠다. 당시 여자들에게 인기가 많았던 남진과 달리, 나훈아는 남자들의 절대적인 지지를 받았다. 남진이 한쪽 다리를 흔들며 노래를 부를 때면, 공연장은 여성 팬들의 함성으로 떠나가는 듯했다. 이처럼 광범위한 열혈 팬덤을 거느리고 있던 남진과 나훈아는 우리나라 대중가요사에서 큰 획을 그은 별과 같은 존재들이었다.

버스가 보문동과 대광고등학교 앞을 지나 신설동 로터리로 접어들자 좌회전하여 옛 전차길을 따라 달렸다. 동대문에서 청량리로 이어지는 큰길로 접어드니 잦은 경적 소리와 함께 크고 작은 거리의 소음들이 귓가를 어지럽혔다. 안내양은 버스 출입문에 몸을 기댄 채 라디오에서 흘러나오는 노래에 맞춰 껌을 씹으며 연신 고개를 끄떡였다.

마장동 시외버스터미널은 지방으로 내려가려는 사람들과 지방에서 올라온 사람들로 몹시 붐볐다. 나는 배웅하는 별향을 뒤로한 채 와수리행 버스에 올랐다. 좌석에 앉으니 창밖에서는 아쉬운 듯 별향이가 나를 향해 계속 손을 흔들어 주었다.

"잘 다녀와, 오빠…."

좀 더 가까이 있고 싶은 듯 이번엔 버스에 다가와 차창틀을 두드리며 작별 인사를 했다. 그 모습이 마치 뜨거운 화염 같다고 생각했다.

"알았어, 서울에 올라오거든 연락할게."

나도 별향을 향해 큰 소리로 얘기했다.

사실 시골집에 일이 있어 오늘 갔다가 하룻밤만 자고 내일 다시 서울로 돌아올 예정인데, 마치 군에라도 징집되어 헤어져야 할 연인 사이처럼 터미널에서의 이별이 자못 우울하고 심각했다.

그런데 어찌 된 일일까? 별향이가 돌아서 가는 듯하더니,

"잠시만 오빠! 나도 따라갈 거야."

하고서는 매표소로 달려가 와수리행 표를 끊어 허겁지겁 버스엘 오르는 것이 아닌가? 나는 적지 아니 놀랐다.

"아니, 어떻게 된 거야, 집으로 가지 않고?"

"나도 와수리엘 한번 가고 싶어졌어. 오빠가 항상 자랑했잖아. 와수리는 목성처럼 고요하고 아름답고 살기 좋은 곳이라고…."

하면서 겸연쩍게 웃음을 지어 보였다.

"아이구, 그래도 그렇지…. 가까운 서울 근교도 아니고 강원돈데…."

와수리는 자갈들이 널브러져 있는 비포장도로에 마을 전체가 초가투성이인 전방 지역이라 문화 공간으로서는 유일하게 군인극장밖에 없다는 것과 장터에는 형과 단골로 출입하는 '종다방'이라든가 '고향서림' 그리고 근래에는 서울 명동의 어느 유명 양복점에서 일하다 내려와 개업한 '명동라사'가 있다는 것과 마을 앞으론 맑은 남대천이 흘러가고 있다는 것 등을 들려주었었다.

그러고는 아직 한국전력의 전기가 들어오지 않아 깊은 밤, 마을의 자가발전이 멈추면 호롱불을 밝혀 독서를 한다거나 편지를 쓴다고도 했다. 밤하늘엔 마치 중생대의 익룡들이 토해 낸 듯 서기로 가득해 보이는 은하수와 별자리들, 전방 오성산 너머로부터 앙칼진 여자의 음성으로 들려오는 대남 선동방송 소리…. 이 모든 얘기들이 서울 토박이인 별향에게는 신기하게만 여겨지는 듯했다. 그래서 궁금증도 풀 겸하여 나를 쫓아 불쑥 와수리행 버스를 탄 것이다.

마장동 시외버스터미널엔 여행객들은 물론 휴가를 떠나려는 군인들로 붐볐다. 별향과 나를 태운 버스는 터미널을 빠져나와 곧 방향을 바꾸어 의정부 쪽으로 달리기 시작했다.

세 시간 반 정도 걸렸을까, 마장동을 출발한 버스는 6.25 전쟁 이래 유엔 참전국 일원으로 파병 나온 운천의 타일랜드 군부대 앞을 지나 어느덧 집이 있는 와수리엘 도착했다. 버스에서 내리니 우리들의 발자국 소리만 터벅터벅 먼지를 일으키며 요란하게 들려올 뿐 마을은 정말 한낮의 목성처럼 고요하기만 했다. 마치 여름날 그악스럽게 울어 대던 쓰르라미가 갑자기 울음을 멎은 듯 적막하기까지 했다.

집은 교장관사라지만 이웃들과는 달리 초가만 간신히 면했을 뿐, 슬레이트 지붕이었다. 싸리울에 텃밭이 있고 텃밭엔 오이와 가지, 토마토 등 각종 채소가 자라고 있었다. 그리고 탐스런 파꽃 위로는 한가로이 흰 나비가 날고 있었다.

"어머니, 저 왔어요. 별향이도 같이 왔어요."

"아니, 별향이가 어떻게 여기까지?"

토마토밭에서 잡초를 뽑다 말고 어머니가 몹시 놀라워하였다.

"저 혼자 내려올 생각이었는데요. 별향에게 와수리 구경을 시켜 줄 겸해서 같이 오게 됐어요. 그런데 오늘 다시 서울로 돌아가야 해요…."

"그렇게 빨리? 지금이 몇 신데…. 하기는 서울 부모님이 아시면 걱정을 많이 하실 거야. 돌아가야지…."

별향이는 당혹스러움과 부끄러움에 몸을 제대로 가누지 못했다. 나의 뒤에서 연신 몸을 꼬며 뭐라 할 말을 몰라 하였다.

"안녕하세요, 이렇게 예정에도 없이 불쑥 찾아와 죄송해요…."

하며 별향이는 말끝을 흐렸다.
앞뜰에서 들려오는 낯선 소리와 정경에 집 안에 있던 형과 동생들이 달려 나와 우리를 맞았다. 어머니는 이미 지난달 경복궁 교내 미전 때 별향이를 보았지만 남은 식구들은 오늘이 처음이었다. 아버지는 학부형들과 모임이 있다 하여 장터거리에서 귀가하지 않은 상태였다.
싸리울 너머로는 집총을 한 병력을 실은 군 트럭이 먼지를 일으키며 지나갔다. 별향과 대청마루에 앉아 시원한 바람을 맞으며 라면으로 늦은 점심을 때우는 시간이 좋았다. 장터에서 파는 소면과는 달리 심하게 꼬불거리는 라면 면발이 흥미로웠다. 젓가락으로 건져 올리니 마치 황금빛 노을을 받으며 힘겹게 발버둥 치는 것만 같았다.

"어머니, 별향이하고 남대천 바람이나 쏘이다가 돌아오겠어요."

21
자전거와 하얀 손수건

　식구들과 대청마루에 앉아 이런저런 이야기를 나누며 간단히 차를 마신 후 오늘 막차라도 타고 돌아가자면 시간이 촉박할 듯해 서둘러 자전거를 끌고 문밖을 나섰다. 별향이를 태우고 남대천변과 장터거리를 돌아볼 생각이었다.

　다른 집 자전거에 비해 우리 집 자전거는 좀 특이했다. 지난봄 읍사무소에 볼일을 보러 들어갔다 나온 사이 자전거 도둑을 맞은 일이 있었는데, 그 후 새로 구입한 자전거에 철사로 바구니를 엮어 자전거 핸들 앞에 매단 것이었다. 짐받이가 자전거 뒤편에 있는 여느 자전거들과는 달리 당시로서는 시골스럽지 않은 상당히 세련되어 보이는 디자인이었다. 그 바구니에 장 본 물건들을 싣고 사립문을 드나드는 형의 모습이 이국적이면서 한가로워 보였다. 가수 클립리차드 주연의 《The Young ones》라든가 《남과 여》, 《졸업》 등 외국 영화 보기를 좋아하는 형의 작품이었다.

대문 앞 포플러나무 그늘을 지나려니 트랜지스터라디오에선 트윈폴리오 송창식과 윤형주가 부르는 〈하얀 손수건〉이 애잔하게 흘러나왔다. 아름다웠다. 그제껏 경험하지 못했던 천상의 화음이었다. 하지만 당시만 해도 국내에는 트롯풍의 가요 외에 번안곡들이 주류를 이루었었는데 〈하얀 손수건〉이 그랬다. 그리스 가수 나나무스꾸리가 부른 〈Me T'Aspro Mou Mantili〉(하얀 손수건)가 원곡이었다. 사랑하는 이와 이별을 하면서 다시 만날 날을 기다리며 하얀 손수건을 흔들겠다는 애절한 사연이 담긴 노래였다. 사실 그동안 듣던 우리의 대중가요란 뽕짝풍이 태반이어서 근래 다양한 외국 영화로 길들여진 젊음의 감성을 충족시켜 주진 못했다.

트윈폴리오의 노래와 함께 가볍게 흔들리는 별향의 흰 치맛자락이 눈부셨다. 포말 같았다. 별향을 자전거 뒷좌석에 태우고 신작로 길로 나서려니 길을 가던 모든 사람들이 걸음을 멈추고 마치 우리를 향해 일제히 하얀 손수건을 흔들어 주는 것만 같았다.

우리는 먼저 강가를 돌아보기로 했다. 고샅길을 빠져 나와 남대천을 향하여 천천히 자전거 페달을 밟았다. 얼마 달리지 않아 옥수수밭이 나타났고 여름철로 접어든 계절이라 옥수수는 키를 훨씬이나 넘어 자라 있었다. 옥수수수염이 검붉게 말라 가는 것으로 보아 곧 수확해도 좋을 듯했다. 강가에서 바람이 불어올 때면 옥수수 잎새들은 서걱거리며 맑은 패옥 부딪는 소리를 냈다. 문득 어린 날 홀로 옥수수밭에 숨어서 놀다가 해 질 녘 출구를 찾지 못해 애를 먹던 일이 기억났다.

 옥수수밭을 지나 마을 앞을 돌아 흐르는 남대천가로 나갔다. 흘러가는 물을 바라보기가 좋았다. 강물은 첫사랑의 화염처럼 육신을 차갑게 불태우며 아래로 흘러갔다. 어느 만큼 달리다 보니 포플러 그늘이 시원해 보이는 강변이 나타났고, 우리는 포플러 그늘 속에 자전거를 세우고 잠시 쉬었다 가기로 했다.

 자전거는 액자소설의 한 장면같이 생뚱맞아 보였다. 마치 풍경 속의 풍경처럼. 자전거는 두 바퀴가 달린 것만으로도 짜임새 좋은 한 폭의 풍경화를 보는 듯했다. 하늘의 구름을 불러올 듯 목가적 풍경화를 연상시키는가 하면, 바라보는 사람에게 가까운 장래에 다가올 행복 같은 것을 꿈꾸게도 했다.

물끄러미 흘러가는 강물을 바라보려니 지난 5월 창덕궁 후원을 거닐며 별향에게 선물한 『싯달타』의 바스데바 뱃사공이 떠올랐다.

"별향아, 기억해?"

"무얼?"

나를 빤히 응시하는 별향의 모습이 인상파 화가의 소녀처럼 가슴을 설레게 했다.

"바스데바 말이야…."

"아, 『싯달타』의 뱃사공이잖아. 기억하다마다. 새삼…?"

만면에 환한 웃음을 지으며 별향이가 답했다. 웃음을 지을 때의 청신한 볼우물은 여전했다.

"싣달타가 강변에 이르러 배를 타고 건널 때 바스데바와 이야기를 나누는 대목에서 삶의 반전을 느낄 것 같더라고…."

"맞아, 별향아…. 그 전까지만 해도 깨달음이란 삭발 후 법당이나 산속에서 가부좌하고 앉아 있어야만 얻어지는 것인 줄 알았지. 그런데 말없이 흘러가는 강물을 바라보며 우주의 옴을 터득할 수 있다니…. 생각해 봐, 얼마나 놀랍고 신선해?"

나는 강 건너 점점 싱그러움을 더해 가는 푸른 활엽수들을 바라보면서 말을 이었다.

"강을 건너면서 깨달음을 얻는다? 그렇다면 우리가 살아가는 세상 모든 곳이 구도처? 그렇게 생각하려니 거리를 지나는 모든 사람이 바스데바 뱃사공처럼 보이고 내가 유영하는 모든 시간이 밝아 오는 새벽처럼만 느껴지더군…. 뱃사공은 진리를 찾아 우왕좌왕 몰려다니는 군중들을 향해 각기 제자리로 돌아가 생업에 열중하도록 만든 선지자인 것 같고…."

갑자기 머리 위에서 밀화부리의 울음소리가 예쁘게 들려왔다. 우리는 자리에서 일어나 다시 자전거의 페달을 밟았다. 자전거가 돌부리를 만나 흔들릴 때면 별향은 빗겨 앉은 자세를 바로잡느라 나의 허리를 꼭 잡았다.

뻐꾸기 소리가 들려오는 강 건너 숲은 푸르렀다. 마치 이윤을 포기한 상선이 흰 돛을 내리고 정박해 있는 듯 풍경은 평화로워 보였다.

"별향아, 왠지 삶이 숙연해지지? 숙연한 삶은 수행자만이 영위할 수 있는 그들의 전유물은 아닌 것 같아. 삶의 경건성은 유일한 삶을 살아가는 우리 모두의 자세여야 하지 않을까?"

『싯달타』이야기는 계속 이어졌다. 『싯달타』는 나와 별향의 사이가 전생으로부터 이어지고 있는 특별한 인연이라는 사실을 확인시켜 준 책이어서 그런 것 같다.

"맞아. 경건성은 성실하게 살아가는 사람들에게라면 누구에게라도 가슴 깊이 다가올 삶의 자세여야 할 것 같애. 그런 점을 잘 드러내 보여 주고 있는 삶이 바스데바 뱃사공이고…."

별향이 변함없이 나의 이야기에 공감을 표하며 『싯달타』에 대한 관심을 보였다.

"출가와는 관계없이 평생 순환하는 강을 바라보며 세상의 이치를 깨우친 그가 어떻게 보면 깨달음을 위해 세상을 고행한 고타마나 어느 선지자들보다도 지혜로운 사람인 것 같아."

나는 더욱 힘차게 자전거의 페달을 밟았다. 자전거가 속도를 낼 때면 별향의 하얀 치맛자락이 바람에 가볍게 나부꼈다.

강변을 따라 마을을 어느 정도 벗어난 다음 자전거를 되돌려 장터의 종다방엘 들렀다. 다방에 자리를 잡고 앉아 있으면 스스로가 저잣거리의 사람들과는 달리 세상 물정에 귀가 트인 문명인같이 느껴지는 이유는 무엇일까? 별향은 다소곳한 자세로, 나는 세련되게 다리를 꼬고 앉은 자세로 커피를 주문했다.

서울과는 달리 문을 활짝 열어젖힌 다방 창문 너머로

는 가끔씩 먼지를 일으키며 지나는 자동차들과 마을 사람들이 한가롭게 지나는 모습이 보였다. 스피커에서는 당시에 유행하던 영화 음악들이 흘러나왔다. LP판에선 가을비가 추적추적 내리는 것만 같았다. 〈태양은 가득히〉, 〈쉘부루의 우산〉, 〈웨스트사이드 스토리〉…. 그 외 폴모리아 악단의 감미로운 연주곡들….

22
신이 용서할 때 다시 만나요

과거의 깊은 회상에서 깨어나 나는 다시 자동차의 운전대를 잡았다. 설악의 속살 같은 필례령 길을 내려서자마자 한계령을 만나 양양을 향해 달려 내려갔다. 내가 먼저 블루드림에 도착하여 주변 환경이라도 살펴 두는 것이 좋을 듯해서였다. 양양 우회도로를 이용해 속초 방향으로 달리다가 오른쪽 길로 접어들어 이정표를 따라 해안도로엘 들어서니 솔밭이 나타났고, 잠시 후 스페인풍의 판테온 신전 모양을 한 웅장한 리조트 건물이 드러났다.

리조트 경내에 들어서 호텔 앞 적당한 공간에 주차를 시켜 놓은 후 주변을 둘러보았다. 단풍철 성수기도 지났고 주중이라 그런지 사람들이 그렇게 눈에 많이 띄지는 않았다. 호텔 건너편 콘도 건물 양옆으로는 해안으로 내려가는 산책로가 보였다. 그리고 콘도 건물 사이로는 아름다운 인공 연못이 있는데 그곳에서 바다를 바라보는 느낌이 좋았다. 어떻게 보면 멀리 수평선 너머로부터 시작된 파도가 연못까지 밀려와 잔물결로 일렁이는 것 같았다.

바로 옆 콘도 이스탄샤 C동 건물 코너에는 'DAVIDOFF'라는 이름의 작은 카페가 있었다. 쌀쌀한 날씨에 온기라도 느끼며 앉아 있는 것이 좋을 듯해 나는 문을 열고 카페로 들어섰다. 커피를 내리다 말고 주인이 반갑게 맞아 주었다.

손님이라곤 나 외에 젊은 남녀 한 쌍만이 창가에 자리를 잡고 앉아 있었다. 어림잡아 캔버스 900호 크기의 통유리 창밖으로는 영화 《타이타닉》호의 선상에서처럼 푸른 바다가 광활하게 펼쳐져 보였다. 안쪽 모서리 공간에 놓인 테이블에 자리를 잡고 앉아 시계를 바라보았다. 10시 35분…. 별향이 도착할 시간이 거의 다 되어 간다.

산골짝의 손바닥만 한 하늘만 바라보며 살다가 수평선과 맞닿은 광활한 하늘을 바라보고 앉았으려니 감회가 새로웠다. 은둔에 가까운 골짝에서의 삶도 그렇지만 나는 요란함보다는 수평선 같은 심플한 아이콘에 젖어 지 낼 때 맹목에 가까울 정도로 생의를 강하게 느끼곤 한 다. 수평선의 단순함이란 어쩌면 사랑에 젖은 연인들의 눈동자처럼 청맹과니와 같은 것이니까···. 젊은 날 별향 의 눈동자에서도 그런 수평선을 보곤 했었다. 사랑할 때 눈동자의 수평선 위로 해가 뜨고 달이 뜨고 별자리들이 날아오르곤 했었다.

잠시 후 핸드폰 벨 소리가 울렸다.

"저 별향이에요. 블루드림 건물이 멀리 보이고 있거든 요. 지금 어디 계시죠?"

"그래요? 난 지금 일찍이 와서 카페에 앉아 있어요. 호 텔 전면에 보이는 주차장에 주차시키고 바다가 보이는 연못 옆 카페로 오세요. DAVIDOFF예요."

"알겠어요."

가을이 깊어 가면서 빛이 인색할 정도로 절제되어 보 인다. 푸른 바다에 반짝이는 빛들은 풍장을 당한 날짐승들의 희디흰 뼛가루가 뿌려진 것 같다.

출입문 창을 통해 저만치 한 여인이 가을빛을 받으며 이쪽을 향해 걸어오는 모습이 보였다. 비교적 큰 키에 직감으로 별향임을 알 수 있었다. 반가운 마음에 문밖을 나설까 하다가 갑작스러운 만남보다는 낯설게 변해 있는 모습을 조금이라도 시간을 두어 삭일 필요가 있을 것 같아 그대로 앉아 있기로 했다.

카페 문이 열리면서 여인이 들어서는 순간, 비로소 별향과의 만남이 현실로 다가왔음을 확인할 수 있었다. 꿈이 현실로 바뀌는 순간이었다. 오랜 세월 동안 압축되어 있던 그리움이 슬로비디오처럼 느린 영상으로 머릿속에서 재생되었다.

그리움이란 젊은 여인의 생머리와 같은 것이어서 나잇살 든 사람이 입에 올리기에는 왠지 좀 쑥스럽고 누추해 보인다. 하지만 그런데도 나는 오늘 길게 자란 그리움 때문에 이 자리에 나와 앉았다.

"여기예요…."

별향을 향해 손을 들어 보였다. 별향은 한편으론 놀라

운 듯, 웃을 듯 말 듯 미묘한 표정을 지으며 다가와 나의 앞자리에 앉았다. 걸어온 길이 엎치락뒤치락 순탄치 않을 때 사람의 인상도 그처럼 순탄치 않아 보이는 것 같다. 아마도 나와 눈이 마주친 순간, 순탄치 않던 내 삶의 역정을 읽은 듯했다. 되는 것도 안 되는 것도 없는, 절망인가 하면 한 줄기 희망의 빛에 의존해 살아온 파란만장한 화가의 삶을.

"아, 얼마 만이에요…."

잠시 심호흡을 한 후 한숨을 내뱉듯 내가 먼저 인사말을 건넸다. 그리고 나선 잠시 말을 잇지 못했다. 당장 무슨 말을 해야 할지 다음 이야기가 떠오르지 않았기 때문이다.
이른 시간이어서인지 카페엔 손님이 많지 않았다. 창가 왼쪽 모서리로 젊은 커플이 앉아 얘기를 나누고 있을 뿐이었다.

"저, 많이 변했죠?"

옆자리에 핸드백을 내려놓으며 별향이 입을 열었다. 짧은 커트 머리에 흰 블라우스를 받쳐 입은 자줏빛 정장 차림의 모습이었다.

"감개무량하네요. 그나저나 이게 얼마 만인가요? 40년이 다 되어 가네요. 세월은 흐르는 물과 같다더니…. 72, 82, 92, 2002년."

그러면서 나는 지난 세월을 손가락을 꼽아 가며 헤아려 보았다. 40년이란 세월이 흐른 오늘이지만, 별향은 초등학교 동창 모임 때 보았던 여자아이들과는 달리 그렇게 낯설어 보이진 않았다. 마치 출근길 길목에서 자주 마주치는 이웃집 여자를 대하듯 친근하게 다가왔다. 중년 여인답지 않게 풍만해 보이지도 않았다. 아마도 그녀가 사회의 표준형 인간 그룹이라 할 수 있는 출판계통의 직장 생활에서 다듬은 표정이라든가 말씨와 태도 때문인 것 같았다.

"소식이 궁금했었어요."

별향이 천장을 올려다보더니 천천히 고개를 내리며 한숨 섞인 말투로 인사를 건넸다.

"나도 마찬가지였어요."

잠시 침묵이 흘렀다.

"히말라야 생활은 좋았어요?"

찻잔을 자신의 앞으로 끌어당기며 별향이 말을 이었다. 풍기는 커피 향이 참으로 인간적으로 다가왔다.

"좋았어요. 오랜 궁금증이 풀렸다는 것 때문에…. 별향 씨도 기억하겠지만 젊은 날부터 자연의 내밀한 언어가 그리웠더랬지요. 자연의 무엇이 살아가면서 나를 이처럼 선한 의지를 갖도록 하게 하는가 하고 말이지요. 나를 무장 해제시켜 다시는 세상에 대해 회의를 갖게 하지 않을 언어…. 흔들리는 사람의 마음을 깊게 품어 줄 그런 자연의 메시지 같은 것 말이죠."

"그랬었지요. 그런데 그 언어는…?"

 마시던 찻잔을 천천히 내려놓으며 별향은 물었다. 나는 웃음으로 답을 대신했다. 창밖을 바라보려니 수평선 너머로부터 밀려오는 파도들이 마치 초상화의 육리문(肉理紋)처럼 미세하게 살아 움직이는 것 같았다. 실내에서 흐르는 브람스의 〈바이올린 협주곡 D장조〉의 선율과 헤이즐넛 커피 향이 가을을 깊게 했다.

 "사실은 그동안 산수화로 익힌 필력을 가지고 히말라야의 장관을 그려 볼까 하고 라다크엘 갔었는데…. 막상 그곳엘 가 보니 그릴 엄두가 나지 않더군요. 좁은 화면에 장엄한 히말라야의 능선이 들어오지 않는 거예요. 아쉽게도 내겐 히말라야가 풍경이 아닌 그저 망막한 장벽처럼만 느껴졌습니다. 허탈하더군요."

 오랜만에 옛사랑을 만나니 왜 그렇게 하고 싶은 이야기가 많은지, 잠시 하던 이야기를 멈추고 나는 창밖을 바라보았다. 멀리 푸른 수평선이 흰 파도와 함께 실내로 흘러들었다.

"혹시 진경산수화가로 알려져 있는 조선 시대의 화가 정선식의 부감법으로 그림을 그린다면 어느 정도 좁은 화면에서의 구도 문제를 해결할 수는 있었겠지요. 하지만 현대에 들어 조선 시대의 화법으로 자연을 해석한다는 것이 과연 바람직스러운 일일까 하는 회의가 들더군요. 구글맵을 제작하는 것도 아니고…."

"그래서 어떻게 하셨어요?"

별향이 궁금해하며 물었다. 나의 그림 이야기에 귀를 열고 진지하게 들어 주는 별향이 고마웠다. 옛날 학교에 놀러 온 별향과 함께 미대 캠퍼스 내에 있는 'Villa d'art' 카페에 앉아 그림 얘기를 나누던 일이 기억났다.

"그래서 언덕에 자리 잡은 곰파(사찰)나 마을 사람들을 소재로 한 인물화를 그리다가 돌아왔지요. 풍경 소품이라든가 인물화를 가지고 인사동 마운틴 화랑에서 개인전을 열었던 거예요. 나에게 구도나 형태나 채색보다 중요한 것은 살아 있는 나의 에너지를 고스란히 전달하는 필획이에요. 그러니까 먹으로 긋고 찍고 뿌리는, 어쩌면 퍼포먼스와도 유사한 용필이라고나 할까?"

"제 기억에 학교 다니실 때는 탄탄한 구도와 정확한 사실 표현 위주의 그림을 그리셨더랬는데…."

"맞아요. 그랬었지요. 훗날 주관이 강한 그림을 그리게 된다 하더라도 기초 실기에 대한 충분한 이해와 구사 능력이 없이는 불가능하단 생각을 갖고 있었지요. 그동안 산수화, 인물화들을 그리다가 요즘 들어선 자작나무 숲을 소재로 한 그림을 많이 그리고 있지요. 자작나무의 심플하면서도 예지적인 분위기가 좋아서…. 내가 살고 있는 인제에 자작나무 숲이 있어 가끔 가 보기도 합니다만 자작나무 숲은 뭐랄까, 백색 카타르시스라고 해야 할까요, 흰색의 절정 같은 것을 느낄 것도 같습니다. 숲속에 들면 눈이 멀 것만 같은…. 그런가 하면 눈이 뜨일 것만도 같은…. 한마디로 자작나무 숲은 백색 카타르시스의 세계지요."

"언제 시간을 내어 인제 자작나무 숲을 한번 가 보아야겠네요. 그러잖아도 우리 잡지에 자작나무 숲과 관련한 기획 기사를 실으려 하는데…. 얘기를 듣고 보니 자작나무 숲에는 흰색 청결의 이미지를 넘어서는 또 다른 세계가 있군요, 사람의 눈을 멀게도 하고 뜨게도 하는 기적 같은 영적인 세계가…."

"죽어야만 새롭게 태어나는, 컴퓨터로 얘기하자면 초기화 같은 과정이지요. 예술 활동도 그래야만 할 것 같아요. 매번 작가 자신을 하얀 자작나무 숲에서 초기화하여 새롭게 태어나야만 할 것 같은…."

시간이 흐르면서 음악도 바뀌고 사람들의 출입도 많이 늘어난 것 같다. 웅성거리는 사람들의 말소리가 여기저기서 들려온다. 나는 말을 이었다.

"그림도 그림이지만 혹시 들어 보셨나요? 생태환경운동가로 활동하고 있는 스웨덴 출신의 노르베리 호지 여사의 『오래된 미래』라는 책 말이에요. 그 책을 읽고 라다크엘 꼭 한번 다녀오고 싶었더랬어요."

"라다크 하면 히말라야산 속에 있는 왕국 아닌가요?

티베트와 이웃해 있는…. 히말라야의 미소라고 항상 웃음을 잃지 않고 행복한 삶을 살아간다는 라다크 사람들의 얘기를 어느 신문에선가 읽은 것 같은데…."

별향이 희미한 기억을 더듬으며 라다크에 대하여 이야기를 했다.

"맞아요. 라다크를 리틀 티베트라고도 하지요. 티베트와 함께 라마 불교가 주를 이루는 국가지요. 하지만 티베트가 주권을 강대국 중국에 빼앗겼듯 라다크 역시 주권을 강대국 인도에 빼앗기고 말았지요. 다 같이 종교적 믿음을 가지고 평화롭게 살던 나라였는데…. 그래서 드는 생각이 평화란 누가 지켜 주어 누릴 수 있는 것이 아니라 스스로 지킬 수 있는 힘을 가지고 있을 때라야 누릴 수 있는 것이다라고…. 그러자면 나라가 스스로 강해져야겠지요. 두 손 모아 기도만 한다고 해서 평화가 찾아와 주진 않는 것 같습니다."

나는 계속해서 라다크에서의 삶이라든가 낯설고 신비로운 그곳 풍속에 관하여 들려주었다.

"호지 여사의 저서 『오래된 미래』라는 책 제목의 의미가 말해 주듯 현재 라다크가 과거 우리의 낙후된 5, 60년대의 모습을 보여 주고는 있지만 실은 건강한 생태 환경을 위해 현대인들이 지향해야 할 과거가 아닌 미래의 모습이라는 것이죠. 하지만 뜻은 좋은데 대부분 현지인들로부터는 환영을 받고 있지 못하더라고요. 자신들도 유럽 선진국 사람들처럼 잘살고 싶고, 영화관에도 가고 싶고, 자가용도 갖고 싶은데 호지 여사는 그런 생활이 바람직하지 않다고 극구 만류를 하니….

특히 젊은이들이 호지 여사의 그런 생각을 아주 싫어하는데, 정작 라다크적 삶을 이상으로 여긴다는 호지 여사 자신은 추운 겨울철을 피해 여름철에만 넘어와 자동차에, 에어컨에 온갖 문명의 혜택을 다 누려 가며 반라다크적 생활을 하고 있으니 말이지요. 나도 호지 여사의 책을 읽고 호기심에 라다크엘 갔었지만 책으로 대할 때와는 달리 현지에서 라다크 사람들과 어울려 지내다 보니 호지 여사의 이율배반적 생각을 발견하게 되겠더라고요.

그래서 생태환경 운동은 낙후된 라다크가 아닌 문명을 초과하여 누리고 있는 본인의 나라 영국이나 스웨덴에서 적극 펼치는 것이 옳겠다는 생각을 했어요. 자신이 아닌 남의 삶을 개혁하겠다는 발상은 자칫 오만하여 상대방으로 하여금 반발 심리를 불러오겠다는 생각도 들더라고요.

지금도 인구 만여 명 정도인 라다크의 수도 레나 제2의 도시 초그람사를 제외한 모든 지역의 삶은 우리나라 6.25 직후 50년대 수준 정도라고나 할까, 가난하고 불편하고 불결하고 그렇더라고요. 더군다나 호지 여사가 처음 라다크에 발을 디딘 때가 70년대 초였으니까 현재보다 더 형편없었겠지요. 지금은 마을을 연결하는 버스가 생겼지만 70년대 때는 조랑말을 타고 이웃 마을을 오고 가고 했다네요.

그리고 재미있는 에피소드는 당시 인도 정부에서 레에 공군 비행장을 개설하였는데, 하늘에서 비행기가 날아오자 주변 마을 사람들이 건초 더미들을 등에 지고 와 놀랐다는 에피소드는 유명하다 하더군요. 비행기가 큰 동물인 듯하여 풀을 먹이려고 그랬었다나 봐요. 우스운 얘기지요. 그만큼 문명과 거리를 두어 히말라야산 속에 갇혀 지내는 라다크 사람들의 순진성은 알아줘야 해요."

"역시 그렇군요. 욕심의 절제가 선행되어야만 결실을 볼 수 있는 생태환경론자들의 삶이 실제로 보면 앞뒤가 맞질 않는 모순적 삶을 살아가는 모습을 보이곤 하는데…."

별향이 역시 알겠다는 듯 고개를 끄덕이며 나의 얘기에 귀를 기울였다.

"레에서 버스로 40분 거리에 있는 스톡마을의 한 농가에서 일 년 사계절을 다 보내면서 이런저런 일들을 두루 겪어 보았는데 그중 가장 인상에 강하게 남아 있는 모습은 해발 4,500미터 산상에 있는 초모리리호수의 물빛이었던 것 같아요. 양양 앞바다 동해의 물빛도 맑고 푸르긴 하지만 초모리리호수의 물빛과는 견줄 수가 없지요. 맑고 푸른 데다가 신비롭기까지 했어요. 호수 건너편으로 망명을 하고 싶을 정도로, 돌아오고 싶지 않을 정도로….

백두산 천지처럼 높은 고도 때문인 것 같았어요. 해발 4,000미터 높이에 있는 호수의 물빛이니 오죽했겠어요? 그 외에도 척박한 히말라야 산자락 언덕 마을에 노랗게 핀 유채꽃밭은 정말 아름다웠습니다. 천상의 풍경처럼…. 아마도 색소가 희박한 환경 속에서 피어난 꽃이라 더욱 그렇게 보였던 것 같습니다."

"해발 4,000미터면 백두산 높이보다 1,000미터 이상 더 높은 고도인데 혹시 고산증을 겪지는 않으셨나요?"

"왜요, 가끔은 불편을 느꼈지요. 하지만 집사람은 괜찮았고, 여자보다 남자들이 고산증에 약하더라고요. 여름철에 한국의 젊은이들이 레까지 여행 오는 경우가 꽤 있었는데 대략 남자의 40% 정도와 여자의 20% 정도가 고산증에 힘들어하더라고요. 한번은 인도 본토를 여행하다가 스리나가르에서 올라오는데 레에 도착해서는 머리가 어지럽고 감기 증세 같은 것이 오더군요. 그래서 보건소에 들러 진료를 받았는데 고산증이 왔다고 하더라고요…."

"호수 건너편으로 망명을 하고 싶었다고요? 호호, 여전하시군요. 감성이…. 그리고 예전에 서울과 같은 도회의 삶은 언젠가는 청산되어야 한다는 얘기를 자주 하곤 했었는데…. 도회는 삶의 경유지이지, 삶의 종착점은 아니라고 하면서…."

"하하, 예전의 입버릇대로 라다크에서 돌아온 후론 전에 살던 진동리를 떠나 작은 산간 마을에서 시끄럽지 않게 살아가고 있지요. 내린천 인근의 봉덕동이라는 마을이에요. 내린천에서 산길을 따라 약 3킬로미터 정도 오르면, 해발 500미터 높이에 다섯 가구가 사는 작은 산간 마을이 나타나는데 마을 사람들은 주로 고추와 감자 농사를 지으며 살아가고 있지요.

우리도 감자를 재배하며 민박도 하며 생활하고 있고요. 밤이 되면 부엉이 소리, 노루들의 울음소리가 들려오곤 합니다. 거의 외출이 없는 생활을 하다 보니 삶이 그렇게 홀가분할 수가 없습니다. 다행히 나나 집사람이나 자문자답, 독백을 좋아하다 보니 두 식구가 외롭지 않게 살아가고 있습니다. 흔히들 전원생활이니 산촌 생활이니 시골살이를 해야겠다곤 하지만 독백을 사랑하지 않고서는 지루하고 심심해서 시골 생활을 할 수 없습니다. 그래서 3년 정도 살아 보고서는 다시 도회로 유턴하는 경우가 많더라고요."

시간이 지나자, 점차 카페에 손님들로 부산하기 시작했다. 다들 깊어 가는 가을 기운을 맞으려 여행길에 오른 사람들 같았다.

"그나저나, 자녀들은?"

별향이 찻잔을 기울이며 나의 근황을 궁금해하였다.

"두질 않았어요…. 나 자신을 너무나 잘 알고 있거든요. 창작 생활과 함께 혈붙이들이 평생 이중고가 될 거라는 것을…."

"창작 생활을 위해 자녀들을 두지 않았다면 이기적이 아닌가요?"

"글쎄요, 세상에 이기적이지 않은 사람이 어디 한 사람이라도 있을까요? 허전한 마음을 달래기 위해 자식을 둔다 해도 이기적, 자식을 장차 울타리쯤이라 생각하여 둔다 해도 이기적, 나처럼 뒷감당하기 어려워 자식을 두지 않는다 해도 이기적…. 그러니까 자식을 두어도 이기적, 두지 않아도 이기적일 테지요. 그나저나 나 같은 경우엔 당초 아이를 두지 않았으니 아이에 대한 일종의 채무감 같은 것이 없어 생활이 홀가분하기만 합니다."

"저는 남매를 두었어요. 큰아이는 군에서 막 제대를 하여 취업 준비를 하고 있고, 딸아이는 미디어에 관해 공부를 하고 싶다 하여 대학 졸업 후 해외 유학 준비를 하고 있고요…. 아이들이 별 탈 없이 잘 자라 주었지요."

우리는 약속이나 한 듯 창밖의 구름 한 점 없는 가을 하늘을 말없이 바라보았다. 담청빛 하늘이 바다 깊숙이 그의 몸을 담고 있었다. 세월이 많이 흐른 후 중년을 넘긴 나이의 만남이라 대화가 젊은 날처럼 수다스럽거나 번다하지는 않았다. 하지만 마음만은 그 옛날 신설동 로타리를 걷던 저녁나절의 싱그러움 그대로였다. 명멸하는 초신성처럼 수레 위에서 빛나던 가스등 불빛, 캔디 통을 엎어트린 듯 유리병에서 쏟아져 나온 현란한 거리의 네온 불빛이 가슴속에 소리 없이 빛나고 있었다.

"가을 햇살이 너무나 눈부시죠? 어때요, 우리 밖으로

나가죠."

별향이가 미소를 띤 밝은 표정으로 제안했다.

"그럽시다. 기왕이면 옛 기억을 더듬으며 손 한번 잡고 걸어 볼까요? 새벽에 만나 돈암동에서 정릉 골짝까지 걸어 오르던 일이 기억나네요. 그날 새벽 안개가 유난히 자욱했었는데…."

나는 살갑게 전해 오는 별향의 손을 느끼며 바닷가로 나갔다. 하얗게 밀려오는 파도를 바라보려니 문득 해변을 걷고 싶다는 충동이 일었다. 해변을 걷는다는 것은 가슴을 여는 행위만큼이나 홀가분한 일이었다. 마음은 민들레 홀씨가 되어 날아갈 것만 같았다.

모래밭은 깨알같이 만만한 존재들의 무의지적인 집합체여서인지 발길에 닿는 촉감이 부드럽기만 했다. 마음은 동심으로 돌아갈 듯, 곁에 걷고 있는 별향이 옛날처럼 만만해 보였다. 문득 같이 구르고 싶어졌다.

바람은 소년의 꿈같은 동해의 향기를 한껏 실어 날랐다. 우리는 해변에 자리한 큼지막한 갯바위에 올랐다.

나란히 앉아 아득한 옛날, 첫사랑의 맹세와 같은 수평선을 물끄러미 바라보았다. 나의 어깨에 얼굴을 기댄 별향의 모습이 사랑스러웠다. 발아래로는 파도들이 달려와 혼절하듯 하얗게 부서졌다.

"잊지 않고 지냈어요."

갑자기 내게 기댔던 자세를 바로 세우며 별향이 말문을 열었다. 그러는 한편 흐트러진 머릿결을 매만지며 한동안 그녀는 시선을 멀리 수평선 쪽으로 주었다.

"나도 잊지 않았어요…."

나 역시 시선을 수평선에 고정시킨 채 까마득한 40년 전의 옛 추억에 잠겼다.

"그런데…. 오랫동안 궁금했던 점이 하나 있는데요. 72년 헤어지던 그해에 갑자기 군대에 간 이유가 뭐였지요? 다시는 안 만날 것처럼 기약 없이 떠났었는데…. 갑자기 질문이 생뚱맞나요?"

"무슨…?"

예기치 않던 질문에 나는 적잖이 당황했다.

"당시의 솔직한 심정을 털어놓지만 신 화백님이 군대 가고 난 후론 거의 한 달 동안은 매일 독서실 책상에 엎드려 눈물만 흘렸더랬어요. 나의 운명이 너무나 참담하고 슬퍼서…. 그즈음 비는 왜 그리도 자주 내리던지. 지금 돌이켜 보면 제 생에 그렇게 슬프고 비참한 날들도 없었을 거예요."

별향은 당시의 암울했던 기억을 떠올리며 천천히 말문을 이어 갔다.

"그 후로 저는 그것이 마지막 이별이라 생각하고선 마음 독하게 먹고 공부에 전념했지요. 시간이 지나려니 차츰 마음이 평정되면서 덤덤해지더라고요. 그런데 그때…. 왜 갑자기 군엘 갔었죠? 3학년을 마치고 간다고 해 놓고서는…."

별향은 40년 전의 일을 마치 얼마 전에 있었던 일을 얘기하듯 내게 털어놓았다.

"그랬었나요? 오히려 내가 묻고 싶은 얘긴데…. 내가 보낸 편지들을 가슴 가득 안고 찾아와 무어라 말도 없이 내 방에 던지다시피 흩어 놓고 돌아선 사람은 누구였고요? 지금 얘기하자니 좀 쑥스럽긴 한데 나도 참 많이 울었습니다. 당시의 상황이 너무나 슬프고 이해가 안 돼서…. 그래서 3학년을 마치고 가려 했던 입영 계획을 앞당겨 그해 가을 바로 군에 갔지요."

나 역시 비 내리던 날의 오후를 떠올리며 말을 이었다. 별향이가 돌아가고 난 후 안산자락에 안겨 복받쳐 오르는 울음을 참지 못했었다.

"살아가면서 이성적 판단이 한계에 부딪힐 때 종종 눈물이 쏟아지더라고요…. 장맛비가 내리던 그날 별향 씨가 돌아가고 난 후 내가 소리를 내어 울었다면 아마도 믿어지지 않을 거예요."

지금 생각해 보아도 당시의 상황이 정말 잘 이해되지 않았다. 나도 나지만 당시 내게 보인 차가운 모습과는 달리 별향 쪽이 오히려 나와의 인연이 끊긴 데 대한 서운한 마음을 그토록 오랫동안 간직하고 있었다니 너무나 놀라웠다.

때때로 흰 갈매기 떼가 유유히 바다를 가로질러 날아갔다. 멀리 보이는 수평선은 시작도 끝도 없는 사랑의 진행형처럼 다가왔다.

"저의 친정 식구들은 모두 잘 있고요. 특히 어머니와 큰언니는 요즘도 신 화백님을 자주 떠올리고 계세요. 참 낭만적인 젊은이었는데 하시면서…."

파도가 하염없이 우리가 앉아 있는 갯바위 자락에 달려와 부딪혔다. 잠시 흰 파도를 응시하던 별향은 조용히 말문을 이었다.

"신 화백님을 잊는 길은 결혼밖에는 없겠다는 생각이 떠오르자 학교를 졸업하고서는 바로 아이 아빠를 만나 결혼을 했던 거예요."

우리는 점심도 거른 채 온종일 해변을 거닐며 옛 추억을 떠올렸다. 공복감 때문이었는지 과거의 일들이 더욱 날카롭게 떠오르는 것 같았다.

퍼즐 놀이를 하듯 서로의 기억을 상기하며 당시의 솔직한 심경들을 꿰맞춰 보았다. 결국엔 딱히 무어라 말할 수 없는 작은 오해와 미숙함이 쌓여 별향의 마음이 토라지면서 이별을 하게 되었다는 결론이다.

어쩌면 감성이 예민하던 시절 미숙한 청춘이 지닐 수밖에 없는 숙명이자 한계가 아닐까 생각했다. 첫사랑은 지상에서의 사랑이 아닌 천상에서의 사랑이기에 까닭 없이 찾아와 까닭 없이 사라져 갔던 것이다. 진눈깨비 내리던 이른 봄에 시작하여 아카시아꽃이 지던 초여름에 끝을 맺은 전설과도 같던 5개월간의 사랑, 심장이 마구 뛰던 너무나 짧았던 시간이었다. 첫사랑이란 한마디로 천사와 악마가 순진한 별향과 나를 가지고 놀았던 것은 아니었는지…. 멀리 수평선으로부터 달려온 파도가 갯바위에 하염없이 부딪히고 있었다.

어느덧 하루 해는 기울고 있었다. 발길을 옮겼다. 호텔 식당은 은은한 조명 아래, 와인색 천으로 덮인 테이

블들이 가지런히 놓여 있었다. 창밖으로는 별빛이 밤바다에 흔들렸고 내 앞에는 별향이가 앉아 있었다. 자줏빛 투피스를 차려입고, 가느다란 목선을 드러낸 별향은 이 시간을 위해 오래전부터 준비해 온 사람처럼 자연스러워 보였다.

"이곳, 괜찮으신가요?"

나는 조심스럽게 물었다. 별향은 고개를 살짝 끄덕이며 웃었다.

"조용해서 좋아요. 음악도, 사람들 소리도….'

그 순간, 어디선가 첼로와 피아노가 어우러진 잔잔한 선율이 흘러나왔다. 식당 안은 말보다는 숨결과 눈빛이 더 많은 이야기를 나누어야 할 듯한 공간으로 변해 갔다. 메뉴판 위를 스치는 별향의 손가락이 잠시 멈췄다.

"이 집은 연어가 맛있다고 하네요."

"그래요? 그럼 연어로 하시죠. 나도 같은 메뉴로 하겠습니다."

잠시 후, 은은한 허브향이 감도는 접시가 두 사람 앞에 놓였다. 연어는 겉은 바삭하게, 속은 촉촉하게 구워져 있었고, 그 위에 투명한 레몬즙이 가볍게 뿌려져 있었다. 곁들여진 아보카도와 어린잎 채소가 연어의 분홍빛을 더욱 돋보이게 했다.

"연어엔 화이트 와인이 잘 어울리지요…."

잠시 후, 서로의 잔에 와인이 채워졌고, 나는 잔을 살짝 들어 올리며 말했다.

"별향과 함께하는 오늘 이 시간이 오래도록 기억에 남았으면 좋겠어요."

별향도 엷은 미소와 함께 조심스레 잔을 들어 올리며 말했다.

"우리, 잊지 않을 수 있다면 그것으로 충분해요."

식사를 마친 후 우리는 데스크에서 키를 받아 7층의 배정된 방으로 올라갔다.

체온이 느껴지지 않는 호텔 방의 덤덤한 벽면들이 나를 쓸쓸하게 했다. 그림은 걸려 있으나 저작권이 없는 그림처럼 온기와 표정이 없어 보였다. 창밖의 스산한 풍경들은 나의 마음을 허허롭게 했다. 밤하늘의 오라가 느껴지는 수평선에서는 어선들이 불을 밝히고 야간 조업을 하고 있었다.

그런가 하면 실내에서는 두 남녀의 움직이는 모습이 유리창에 반사되어 어른거렸다. 왠지 부끄럽고 어색해 보였다. 비로소 내가 여자와 호텔 방에 들어와 있음을 실감할 수 있었다.

숲속에 내리는 가을비처럼 나신에 자욱이 살수하는 소리…. 욕실에서 새어 나오는 물소리는 침대에 누워 기다리는 나의 마음과 몸을 초조하게 했다. 특히 별향의 육신을 타고 흘러내리는 낙수가 날카로운 소리를 내며 욕실 바닥에 떨어질 때면 가뜩이나 나의 예민해진 성감대가 담금질당하는 것만 같았다.

바쁜 듯 한가로운 듯 샤워를 마친 별향과 나는 알몸으로 침대에 누워 서로를 품었다. 나신은 살가웠다. 가랑잎처럼 가벼운가 하면 벨벳처럼 부드러웠다. 벗은 몸 위로 가을바람이 불어 가는 듯 봄바람이 불어오는 듯했다. 마침내 침대 시트가 발목 끝으로부터 완전히 벗겨져 나갔다. 그야말로 실오라기 하나 걸치지 않은 알몸 그대로였다. 비누 냄새가 채 가시지 않은 남녀의 육신은 파도에 흔들리는 해초처럼 싱그러웠다.

오랜 세월 그립던 별향이었다. 바로 그리고 모로… 길게 뻗은 나신의 뒷모습은 마치 시베리안 횡단열차가 설원의 자작나무 숲을 가르며 달리는 것만 같았다.

알몸으로 누웠으려니 허공이 보이지 않는 부드러운 혀로 육신의 이곳저곳을 핥는 것만 같았다. 감미로웠다. 허공이 나를 자유로운 곳으로 안내해 주었다. 별향의 몸에 손을 얹어 보았다. 떨림과 함께 외간 여자의 낯선 비린내가 짙게 풍겨 왔다. 싱그러웠다. 그러고는 옛날 서울 정릉 골짝에서 목성으로 기억되던 별향의 흰 가슴에 얼굴을 묻어 보았다. 세상에 이보다 부드럽고 깊은 위안이 어디 있을까? 그때 차마 풀지 못한 사랑의 정한을 40년이 지난 지금에서야 풀고 있다.

샤워 후 육신에 남아 있는 엷은 비누 향을 맡자니 내 생애 가장 아름답던 시간, 첫사랑 별향을 자전거 뒤에 태우고 남대천 변 제방길을 달리던 때의 추억이 소환되었다.

뻐꾸기 소리가 들려왔었다. 옥수수밭을 지나 마을 앞을 돌아 흐르는 남대천가로 나갔었다. 낮은 소리를 내며 흐르는 강물을 바라보기가 좋았다. 강물은 첫사랑의 화염처럼 육신을 차갑게 불사르며 아래로 흘러갔다.

어느 만큼 달리다 보니 포플러 그늘이 시원해 보이는 강변이 나타났고, 우리는 포플러 그늘 속에 자전거를 세우고 잠시 쉬었다 가기로 했다.

물끄러미 흘러가는 강물을 바라보려니 지난 5월 창덕궁 후원을 거닐며 별향에게 선물한 『싯달타』의 바스데바 뱃사공이 떠올랐다.

"별향아, 기억해?"

"무얼?"

나를 빤히 응시하는 별향의 모습이 인상파 화가의 소녀처럼 가슴을 설레게 했다.

"바스데바 말이야…."

"아, 『싯달타』의 뱃사공이잖아. 기억하다마다. 새삼…?"

만면에 환한 웃음을 지으며 별향이가 답했다. 웃음을 지을 때의 청신한 볼우물은 여전했다.

"싯달타가 강변에 이르러 배를 타고 건널 때 바스데바와 이야기를 나누는 대목에서 삶의 반전을 느낄 것 같더라고…."

"맞아, 별향아…. 그 전까지만 해도 깨달음이란 삭발 후 법당이나 산속에서 가부좌하고 앉아 있어야만 얻어지는 것인 줄 알았지. 그런데 말없이 흘러가는 강물을 바라보며 우주의 옴을 터득할 수 있다니…. 생각해 봐, 얼마나 놀랍고 신선해?"

뻐꾸기 소리가 들려오는 강 건너 숲은 푸르렀다. 마치 이윤을 포기한 상선이 흰 돛을 내리고 정박해 있는 듯 풍경은 평화로워 보였다.

그렇게 추억과 현실을 오가며 나는 별향의 육신을 마음껏 탐했다.

나신의 정체란 우수런가, 여체의 모든 구석은 비에 젖고 있는 것만 같았다. 쇄골이 그렇고 가슴이 그렇고 허리와 대퇴부, 둔부, 구릉과 골짝…. 이 모든 곳에 비가 내리고 있었다. 육체의 소유는 철저히 미각, 후각, 촉각으로만 가능할 것 같았다. 대퇴부를 지나 찔레꽃 우거진 골짝을 애무할 때는 갑자기 노예나 종보다도 못한 천민층으로 전락한 듯한 수치감이 몰려왔다. 하지만 이 행위가 사랑하는 사람과 나를 위한 극단의 헌신이라 생각하려니 오히려 위안과 함께 짜릿한 쾌감을 느낄 것만 같았다. FM에서는 모차르트의 피아노 협주곡 23번 2악장 아다지오가 슬프도록 아름답게 흘러나왔다.

다시 나의 의식은 과거 남대천변으로 돌아갔다. 자전거가 돌부리를 만나 흔들릴 때면 별향은 나의 허리춤을

끌어당겨 힘껏 안았다. 그럴 때마다 나는 더욱 힘차게 바람을 가르며 자전거의 페달을 밟았다. 남대천의 흐르는 물소리와 바람에 나부끼는 치맛자락, 밀화부리의 지저귐과 강 건너 뻐꾸기의 울음소리가 같이 어울려 스물두 살 나의 가슴을 벅차게 하였다.

몸을 뒤틀면서 별향의 입에서는 마침내 '아~!' 하는 가녀린 신음이 새어 나왔다. 찔레 숲 사이로 흐르는 애액은 신경안정 물질처럼 마음을 지극히 편안하게 해 주었다. 혀를 움직일 때마다 피부의 세포들이 일제히 깨어나 전율하는 것만 같았다.

한동안 구석구석 서로의 체온을 나눈 후 천천히 별향의 몸에 나의 육신을 실었다. 부력과 중력이 동시에 작용하듯 별향의 부푼 가슴 위에 몸을 얹으니 육신이 나룻배처럼 흔들렸다. 심장의 박동이 갑자기 빨라지는 것 같았다. 안정감 있게 오를 수 있도록 별향은 자신의 다리를 넉넉히 벌려 주었다. 그러고는 나의 하체를 마치 넝쿨 식물처럼 긴 두 다리로 꼭 감싸안아 주었다.

나는 몸을 별향의 하체에 천천히 밀착시켰다. 도덕적 일탈에서 오는 괴로움 그리고 그로 인한 우수, 눈보라를 맞듯 나의 영혼을 참담하게 만들던 동굴 입구에서의 당혹감과는 달리 별향의 육체 속에는 아름답고 기이한 열대어들이 현란한 몸짓으로 자유롭게 유영하고 있었다. 육체는 마치 심해의 해구처럼 한없이 깊게 느껴졌다.

다시 과거의 기억을 소환했다. 멀리 물이 돌아 흐르는 강변엔 기도하는 마리아상과 함께 붉은 지붕의 와수성당이 보였다. 그리고 강 건너로는 푸른 보리밭이 바람에 물결치고 있었다.

우리는 서로 한 몸이 되어 있었다. 나의 육신은 별향의 육신 속으로 소멸되어 갔고, 별향의 육신은 나의 육신 속으로 녹아들어 왔다. 나는 한참이나 바위와 흔들리는 해초 사이를 헤엄쳐 다니며 별향의 육신 속에서 아름다운 열대어들과 함께 놀았다. 때로는 호기심 어린 열대어들이 다가와 나의 몸을 건드리고 달아나기도 했다. 그럴 때마다 나의 몸은 모세혈관이 터질 듯 날카롭게 팽창했다. 동굴을 지나면 또 다른 동굴이 나타나곤 했다. 미로 같은 수중동굴이었다.

슬픈 판타지랄까? 열대어의 안내를 따라 동굴을 유영

하기도 하였다. 그 옛날 돈암동 골목길에서 별향이가 눈을 감고 서 있는 모습을 보았는가 하면 정릉 계곡물가에 앉아 흰 손을 담그던 별향의 모습, 그녀의 가슴을 풀어헤치자 '오빠, 엄마한테 혼나' 하며 별향의 간절해하던 모습, 창덕궁 후원 상수리나무 숲길에서 혜세의 단계를 암송하던 모습, 풀잎을 뜯어 머리에 얹고는 『싯달타』를 경청하던 모습, 청과상 수레의 가스등 불빛처럼 나를 푸르게 응시하던 별향의 눈동자, 신설동 밤거리를 거닐다 발견한 마리로랑생의 복제 그림 그리고 캔디통에서 쏟아져 나온 듯한 거리의 오색 네온 불빛들….

하지만 과거의 시간 속으로 놓아줄 수밖에 없었던 아름답고 슬픈 첫사랑의 판타지였다. 그런 순정한 풍경들이 오늘 별향의 육신 속에서 상상을 훨씬이나 뛰어넘는 희열로 내게 되살아나고 있는 것이다.

나는 오버랩되어 오는 그때의 추억과 함께 더욱 힘차게 자전거의 페달을 밟았다. 별향을 태우고 한없이 달리고 싶었다. 강가에 무리를 지어 있던 왜가리들이 우리를 보자 일제히 흰 날개를 퍼덕이며 허공을 향해 날아올랐다. 자전거가 속도를 낼 때면 별향의 하얀 치맛자락이 가볍게 바람에 나부꼈다.

육신을 움직일 때마다 번쩍이는 유리거울의 파편들이 이리저리 튀는 것만 같았다. 그런가 하면 눈보라가 치는 것도 같았다. 금강석을 파쇄할 때의 희열이 이처럼 날카로울까? 가빠 오는 호흡과 함께 더 이상의 격렬한 엑스터시를 견딜 수 없어 마침내 나는 우윳빛 정액을 뿌리며 수면 위로 떠올랐다.

 얼마나 긴 시간이 흘렀을까? 의식이 들어 눈을 떠 보니 명사십리, 파도가 잔잔히 밀려오는 어느 이름 모를 바닷가였다. 가없이 푸른 하늘엔 조각구름이 한가롭고 주위엔 이름 모를 새들의 소리와 함께 해당화가 아름답게 만발해 있었다. 곁에는 실오라기 하나 걸치지 않은 나신의 모습으로 별향이가 누워 있었다. 어쩌면 천국의 모습이 이러하지 않을까?

 엑스터시란 그렇게 오는 것인가 보다. 채움과 동시에 비움으로…. 그러니까 성행위란 가장 인간적인 욕망과 가장 인간적인 비움을 동시에 실현하는, 우주와 내가 하나 되는 가장 간절한 합일 행위일 것 같다. 세간적인 채움과 출세간적인 비움을 동시에 실현하는 구도적 의례라 할까? 욕망의 충족과 욕망의 비움을 모두 실천한 남녀가 이제 이승에서 바랄 게 무엇이 더 있으랴. 이대로가 좋을 뿐, 죽어도 좋을 뿐….

 쓸쓸함, 번뇌, 고통, 절망. 첫사랑에 대한 그리움과 그에 따른 모든 아쉬움들이 일시에 소멸되는 것 같았다. 그동안 파랑이 그치지 않던 영혼의 바다가 잠잠해지는 것이었다.
 사랑이란 무엇일까? 사랑 없이는 사막과도 같은 이 세상 한 발자국도 내디딜 수가 없을 것 같다. 우리들의 목숨이란 사랑이라고 하는 영묘한 자양분을 얻어 가까스로 피어나는 꽃이니까. 사랑은 가슴속에 심장의 울림을 지어내고, 그 울림을 따라 문고리를 열어 밖을 나서게 되고, 산을 넘고 강을 건너 고해와도 같은 세상을 혼절하듯 건너게 될 테니까. 이제 다시는 밤이면 환영처럼 나타나던 미완의 사랑을 찾아 헤매지 않아도 될 것이다.
 첫사랑이란 영혼에 새겨진 푸른 문신과 같은 것이다. 오늘 밤 문신처럼 내 앞에 푸르게 되살아난 별향이 한없이 사랑스럽다.

 "첫사랑, 저 멀리 청신한 자작나무 숲과 싱그러운 내

린천 건너 어디쯤에서 맨발로 서성일 것만 같은….”

나는 별향의 머릿결을 쓰다듬으며 마치 즉흥시라도 낭송하듯 감정을 넣어 나직이 읊조렸다. 그랬더니 이어서,

"첫사랑, 하늘 끝 구름이 흘러가는, 과거와 미래가 만나는 곳 어디쯤에선가 하얀 손수건을 흔들 것만 같은….”

하면서 별향이가 멋지게 화답을 하여 주었다.

"별향, 고마워요….”

"저도 좋았어요….”

창밖에선 고기잡이배의 고동 소리가 은은히 들려왔다. 잠시 긴 침묵을 깨고 내가 다시 입을 열었다.

"별향, 우리 다시 만나요. 신이 용서할 때….”

"…."

별향은 침묵으로 답을 대신했다. 나는 별향을 품에 꼭 안고 등을 토닥여 주었다. 창밖으로는 어둠을 타고 천국의 파도 소리가 끊임없이 들려왔다.

23
에필로그

_목마름을 해갈하듯

그렇게 20대 초반 물빛이 깊어져 가던 어느 해 가을 날, 엽서와 함께 시작된 첫사랑과의 해후는 그날 밤 오랜 가뭄 끝에 목마름을 해갈하듯 시간 가는 줄 모르게 격의 없이 이루어졌다. 내 나이 초로 61세, 첫사랑과 헤어진 뒤 40년 만의 일이었다.

화실 창밖으로는 자작나무 숲이 황금빛으로 물들어 간다. 자작나무는 언제나 변함없이 순결한 모습으로 그렇게 서 있다. 트윈폴리오의 〈하얀 손수건〉이 들려올 것만 같이···.

11월이다. 이제 머지않아 한계령의 눈 소식과 함께 자작나무 숲에도 눈이 내릴 것이다. 돌아올 《인제 COMRADE 미술인전》에 출품할 자작나무 숲을 완성하며 작가 노트를 메모해 둔다.

 '자작나무 숲, 그리움에도 끝이 있어 극지가 있다면 좋겠다. 탐험가 아문젠처럼 두 발로 꼭 밟아 보고 돌아올 수 있을 테니까. 그곳에도 바람이 불고 눈보라가 몹시 칠까?'